사장왕

6

ORIENTAL FANTASY STORY & ADVENTURE

이대성 신무협 장편소설

dream
books
드림북스

사자왕 6

초판 1쇄 인쇄 2016년 2월 24일
초판 1쇄 발행 2016년 3월 7일

지은이 이대성
발행인 오영배
책임편집 편집부
일러스트 RASSIL
제작 조하늬

펴낸곳 (주)삼양출판사 · 드림북스
주소 서울시 강북구 도봉로 173
대표 전화 02-980-2112 **팩스** 02-983-0660
출판등록 1999년 3월 11일 제9-00046호

ISBN 979-11-313-0167-8 (04810) / 979-11-313-0413-6 (세트)

드림북스는 (주)삼양출판사의 판타지 · 무협 문학 브랜드입니다.

차례

第一章

이름

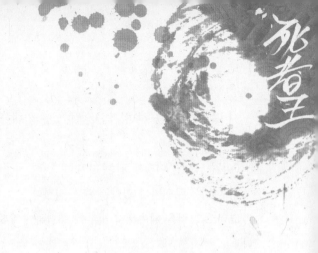

시우는 본인 스스로 무공에 그다지 욕심이 없다고 생각
했다.

그의 입장에서 보자면 무공은 말 그대로 살기 위해서 배
웠을 뿐이지 스스로가 원해서 배운 것이 아니라고 여겼기
때문이다.

'하지만…….'

딱히 그것도 아닌 모양이었다.

냉무기의 무공을 본 순간부터 지금까지, 시우는 가슴속
이 간질간질거리는 듯한 느낌에 참을 수가 없었다.

그동안 머릿속에 구체화되지 않았던 어떤 그림이 명확하

게 그려진 것이다.

시우는 심호흡을 하며 자신 앞에 있는 거대한 문을 바라보았다.

'이걸 넘으면 어떻게 되는 거지.'

문 너머에 무언가가 있다는 게 느껴졌다.

그리고 그것은 계속해서 시우를 강렬하게 유혹하고 있었다.

'큰일이네⋯⋯.'

이 문을 넘어가면 지금까지처럼 가볍고 느슨한 마음으로 살 수 없을 것 같았다. 더 이상 편한 마음으로 무공을 대할 수 없는 것이다.

거기서 한참 망설이던 시우는 무언가를 떠올리며 피식 웃었다. 그리고 곧장 문에 손을 가져갔다.

'어찌 되었건 이걸 넘어가야 주군과 같은 것을 볼 수 있다 이 말이지.'

그의 어린 주군 공손천기.

일찌감치 초인(超人)의 세계에 발을 디딘 그의 주군이 보는 세상은 과연 어떠할까.

'주군께서 뭘 보시는지 궁금해졌습니다.'

시우가 문에 힘을 주며 밀자 가벼운 저항감과 함께 문이 양쪽으로 크게 열렸다.

그리고 그곳에서 태양처럼 강렬한 빛기둥이 뿜어져 나오며 시우의 전신을 집어삼켰다.

빛이 전신을 집어삼킴과 동시에 두 눈이 타는 듯 뜨거워졌다.

"으으……."

시우가 눈을 비비적거리고 있을 때 친근한 음성이 들렸다.

"깨어났냐?"

"……응?"

시우는 눈을 뜨자마자 보이는 공손천기의 모습에 잠시 멍청한 눈을 해 보였다.

그러다 몇 번이고 눈을 깜빡이며 공손천기를 뚫어져라 응시했다.

공손천기가 그런 시우를 바라보며 히죽 웃었다.

"아직도 잠이 덜 깬 거냐? 안 본 사이에 더 멍청해졌구나."

"……어? 정말 주군이십니까?"

"나 말고 다른 주군이 없으면 네 말이 맞겠지."

시우는 공손천기의 핀잔을 듣고서야 화들짝 놀라며 주변을 둘러보았다. 주변에는 흑사자들을 비롯한 천마신교의 고수들이 휴식을 취하고 있었다.

"……하하. 제가 본의 아니게 민폐를 끼쳤군요."

"알면 됐다. 돌아갈 준비를 해야지."

공손천기가 품 안의 강아지 머리를 가볍게 만지작거리며 몸을 돌릴 때, 시우가 갑자기 입을 헤벌쭉 벌리고 실실 웃었다.

"아…… 그런데 이런 거였습니까, 주군? 이렇게 재미있는 걸 그동안 주군께서만 보고 계셨군요."

천지사방에 밝은 기운들이 가득했다.

그 빛 기운들은 공기 중에 떠 있는 기(氣)였고, 왕성하게 움직이며 끊임없이 활동하고 있었다. 나무와 풀, 꽃과 새들에게서도 빛 기운은 흘러나오고 있었다.

하나의 경계를 돌파하자 그동안 눈으로 미처 '인지' 하지 못했던 새로운 것이 보였던 것이다.

공손천기는 시우의 말에 의미심장하게 웃으며 말했다.

"그래, 그런 거다. 이제야 동태눈에서 벗어났네."

"예. 그런 것 같습니다."

시우가 계속 헤실거리며 주변을 두리번거리고 있자 공손천기는 마차에 올라타며 말했다.

"네가 이제부터 친위대의 대장이다."

"친위대요?"

시우가 의아한 얼굴을 하자 공손천기가 친절하게 설명해 줬다.

"그래. 이번에 중원에 나오면서 내가 새로 하나 만들었지. 여기 애들 보이지? 넌 이제부터 애들 대장이다."

공손천기의 말에 시우가 헛숨을 들이켜며 주변을 둘러보았다.

그러고 보니 아까부터 주상산을 비롯하여 우규호, 거산 등…… 주변의 모두가 시우를 뚫어져라 응시하고 있었다.

하나같이 일당백의 고수들.

그런 그들의 대장을 맡으라는 말을 너무 아무렇지도 않게 하니 시우는 순간 무척이나 거북스러워졌다.

"저…… 주군?"

시우가 조심스럽게 거절의 말을 하려는데 공손천기가 마부석에 걸터앉으며 선수를 쳤다.

"너희들도 이놈이 대장 하는 거에 불만 있는 놈 있으면 지금 나와. 화경이 된 기념으로 실력은 한번 봐야 하지 않겠어?"

공손천기의 말이 끝나기가 무섭게 누군가가 성큼 앞으로 나섰다.

쿵—!

"신 우규호, 기회를 주신다면 즐겁게 대련에 임하겠습니다!"

"그래, 너라면 분명 나올 줄 알았다. 그런데 너도 이미 알겠지만 이건 말 그대로 대련이다. 서로 죽자고 덤비지는 마라."

"명심하겠습니다, 교주님."

"⋯⋯."

지켜보고 있던 시우의 얼굴이 일그러졌다.

이미 본인의 의사 따위는 중요하지 않은 상황이 된 것이다.

'아니, 대체 왜⋯⋯.'

항상 일을 이렇게 벌이시는 걸까?

적어도 본인의 의사 정도는 물어봐야 하는 게 아닐까?

'최소한 생각할 시간 정도는 주셔야 하지 않겠습니까, 주군.'

시우가 속으로 궁시렁거리고 있을 때 우규호가 입이 찢어져라 웃으며 앞으로 걸어 나왔다.

"어이, 잘 부탁합니다, 대장."

"⋯⋯아니, 그러니까 나는 그런 걸 하고 싶지가 않은데⋯⋯."

천성적으로 감투 같은 것은 딱 질색인 시우였다. 그냥 누구 밑에 들어가서 시키는 대로 움직이는 게 제일 속 편했으니까.

시우는 정말 아무 생각 없이 살고 싶었다.

'이미 아무 생각 없이 살고 있지만 고수가 되었으니 더

더욱 격렬하게 아무 생각 없이 살고 싶다고, 나는······.'

하지만 우규호는 움직이고 있었다.

내력을 끌어모아 주먹을 들어 올리고 있었던 것이다.

그리고 그것을 멍하게 지켜보던 시우는 자신도 모르게 입을 헤 하고 벌렸다.

'아, 이런 거구나.'

화경의 경지에 들어서게 되면 절정 고수 수십 명을 혼자서 상대할 수 있게 된다. 그게 실력 차이라는 것은 알았지만 정확하게 무슨 이유 때문인지는 몰랐다.

하나 지금 이 순간.

시우는 확실하게 그 차이가 무엇 때문인지 알았다.

'어디에서 어떻게 움직일지가 뻔히 보이는데 이건 애초에 질 수가 없지······.'

우규호가 주먹을 끌어당겨 앞으로 뻗으며 달려들었다. 노리는 곳은 정직하게도 시우의 심장이 있는 왼쪽 가슴이었다.

엄청난 기세로 달려드는 우규호를 보며 시우는 진지하게 고민했다.

'그냥 맞아 볼까?'

기세는 무시무시한데 어째서인지 맞아도 죽지 않을 것만 같았다.

동작 하나하나가 느릿하게 보였으니까.

그래서 시우는 피하지 않고 머뭇거렸다.

그 모습을 지켜보며 공손천기가 빙그레 웃었다.

'바보 멍청이.'

저놈은 아직 자신이 가진 힘을 다루는 법을 정확하게 모른다.

맨 처음 화경의 경지에 들어서게 되면 절정 고수와 본인이 가진 힘의 차이를 명확하게 이해하지 못한다.

지금의 시우가 딱 그랬다.

본인이 가진 것과 가지지 못한 것을 구분하지 못하는 것이다. 그리고 그런 착각은 분명한 재앙이 되어 돌아오는 법이다.

퍼엉—!

"컥?"

시우는 우규호가 뻗은 일격에 방어 동작도 없이 그대로 적중당했다.

그러자 가슴이 함몰당하는 것처럼 엄청난 통증이 밀려왔고, 몸은 쏘아진 화살처럼 뒤로 튕겨 나갔다.

"……뭐야?"

정작 일격을 날린 우규호도 어이없다는 얼굴을 할 때, 뒤쪽으로 날아가 나무랑 부딪친 시우는 바닥에 나뒹굴며 더욱 어이없는 얼굴을 해 보였다.

'이거 왜 이렇게 아픈 거지?'

순간적으로 호흡이 끊길 정도의 고통이 밀려왔다.

이건 시우의 원래 계획에 없던 일이다.

시우는 낑낑거리며 내력을 돌려 겨우겨우 호흡을 조절한 후 얼굴을 일그러뜨렸다.

'……원래는 이게 아닐 텐데?'

본래 시우의 계획은 이랬다.

몸 안의 내력을 한 곳으로 움직여 제자리에 선 채 우규호의 일격을 멋지게 받아 내려 한 것이다.

그 '멍청한' 시도는 정확하게 절반만 성공했다.

호신강기를 일으켜 우규호의 일격을 방어한 것까지는 좋았다.

'문제는…….'

예상보다 우규호의 공격이 강력했다는 것이다.

호신강기조차 밀어내며 들어온 무시무시한 일격에 시우는 다급하게 몸을 뒤로 날렸지만 충격을 완전하게 해소할 수는 없었다.

바닥에 대자로 누워서 헐떡거리던 시우는 겨우겨우 몸을 일으키며 잠깐 민망한 얼굴을 해 보였다.

"……죄송합니다, 주군."

충분히 막거나 튕겨 낼 수 있었다.

그게 아니면 힘을 분산시켜 버릴 수도 있었다.

아주 간단한 동작만으로도 얼마든지 그게 가능했는데 스스로의 힘을 과신한 대가로 너무도 부끄러운 결과를 보여 주었다.

"맞아 죽었어도 할 말 없는 상황이지. 네 멍청한 짓 잘 봤다. 재미있는 구경거리였지."

화경의 고수가 강하긴 하지만 절대 무적은 아니다.

신이 아닌 것이다.

인간의 육체를 가지고 있는 이상 맞으면 아프고, 방심해서 맞으면 더더욱 아픈 법이다. 그중에서도 가장 아픈 것은 눈에 뻔히 보이는 공격을 맞는 것이었다.

"제가 오만방자했습니다."

공손천기는 품 안의 강아지를 가볍게 들어 올려서 무릎에 앉히며 심드렁하게 말했다.

"아주 건방졌지. 만약 전장에서 지금과 같은 상황에 처했다면 최소 한 번은 죽은 거다."

"……."

이건 입이 열 개여도 변명의 여지가 없었다.

시우는 고개를 끄덕인 후 심호흡을 해 보였다.

만약 방금 전 그 상황에서 우규호가 연속적으로 공격했

다면?

'정말 위험했다.'

그래도 화경의 경지에 들어섰으니 어찌어찌 죽지는 않았 겠지만 상당히 비참한 그림이 나왔을 터.

생각만 해도 얼굴이 붉어졌다.

시우는 두 손을 들어 올렸다.

그리고 자신의 두 뺨을 후려쳤다.

짜악—

볼이 붉게 달아오른 상태로 시우는 우규호를 바라보았 다.

"한 수 부탁드리겠습니다."

우규호는 무언가를 생각하다가 곧 헤벌쭉 웃으며 주먹을 움켜쥐었다.

사실 방금 전에 우규호가 시우를 쫓아가지 않은 이유는 간단했다. 시우가 너무도 쉽게 일격을 허용한 게 당황스럽 기도 했지만 그것 말고도 다른 이유가 있었다.

'아마 파고들어갔으면 큰 거 한 방 맞았을 거다.'

시우는 일격을 맞은 상태였고, 여유가 없는 상황이었다.

만약 거기서 더 큰 위기를 느꼈다면 힘 조절도 못 한 공 격을 쏟아 냈을지도 몰랐다.

'그건 위험하지.'

우규호는 본능적으로 그것을 느꼈고, 그 덕에 튀어나가려던 것을 가까스로 억제할 수 있었다.

단순히 시우를 죽일 생각이었다면 방금 전 달려들었어야 옳았다. 다소 큰 희생이 있겠지만 방금 전 그 기회는 절대적이었으니까.

'하지만 이건 비무지.'

의외로 그 차이를 명확하게 이해하고 있던 우규호였다.

공손천기의 의도를 정확하게 인지하고 있던 것이다.

우우웅─

시우는 기도하듯이 두 손을 가지런히 모았다가 벽을 밀듯이 앞으로 밀어냈다.

그러자 우규호는 눈을 부릅떴다.

콰우우웅─

무시무시한 파공음이 들리고, 지켜보고 있던 공손천기의 입가에 재미있다는 미소가 떠올랐다.

'고작해야 벽라수(碧羅手) 따위로 장풍을 쏜다?'

벽라수는 천마신교에서 거의 아무나 접할 수 있는 삼급 무공이었다.

다른 것도 아니고 그런 허접한 무공으로 장풍을 발휘할 줄은 꿈에도 예상하지 못했다.

'예전부터 느꼈던 거지만 참 황당한 놈이다.'

그러고 보면 시우가 쓰는 무공들은 모두 하찮은 것들뿐이었다. 그런데 그것이 시우가 발휘하면 절대 무공이 되곤 했다.

　'이상한 놈.'

　공손천기는 턱을 괴고 흥미롭게 지켜보았다.

　저놈은 항상 이 무공, 저 무공을 적당히 짜깁기해서 사용했지만 그 사용 방법이 너무도 기발하고 적절했다.

　최상승의 무학들과 견주어도 손색이 없었던 것이다.

　'참으로 재미있는 방식의 무공이다.'

　콰아아앙—

　우규호는 덮쳐 오는 벽라수의 장풍을 어깨로 받아내고 그대로 돌진했다.

　말 그대로 육탄 돌격을 감행한 것이다.

　'호오?'

　공손천기가 우규호의 저돌적인 공격을 보며 새삼 감탄할 때, 시우는 앞으로 뻗었던 손을 회수하는 동시에 몸을 비틀어 발차기를 날렸다.

　우규호는 그것을 보면서도 피하지 않았다.

　벌겋게 웃으며 그대로 주먹을 내뻗은 것이다.

　쾅—!

　시우의 발차기와 우규호의 주먹이 충돌하고 우규호가 뒤

로 주르륵 밀려났다. 하지만 우규호는 이번에도 멈추지 않았다.

밀려났던 것보다 몇 배는 더 빠르게 시우에게 달려든 것이다.

우규호의 주먹에 푸른 기운이 이글거렸다.

전력을 끌어 올린 것이다.

쐐애애액—

그 엄청난 기세의 움직임을 가만히 지켜보던 시우가 손가락 하나를 들어 앞으로 뻗었다.

'감히 그걸로 정면 도전을 해?'

이건 도발이었다.

저런 도발에 물러서면 우규호가 아니다.

우규호가 잔뜩 흥분한 얼굴로 더더욱 주먹에 기운을 집중할 때.

'어?'

격돌 직전, 시우가 갑자기 손목을 살짝 비틀어 손가락으로 우규호의 주먹을 아래에서 위로 쳐올렸다.

쿵—

팔 전체가 위로 올라가자 가슴팍이 활짝 열렸다. 그리고 시우는 그 바다처럼 넓은 가슴팍에 살짝 손바닥을 댔다가 떼어 냈다.

석상처럼 멈춰 선 우규호에게 시우는 미안한 얼굴을 해 보였다.

　"방금 전에 얻은 교훈 때문에 무모한 짓은 못 하겠습니다, 이제."

　"……."

　우규호는 얼굴을 찡그렸다.

　이번에는 자신이 너무 순진했던 것이다.

　시우가 선선히 자신에게 맞부딪쳐 줄 거라고 단순하게 생각한 것이 실수였다.

　'속았다!'

　너무 흥분해 버렸다.

　우규호가 아쉬운 얼굴을 할 때 누군가가 그의 등을 툭툭 쳐 주었다.

　"잘했다."

　공손천기였다.

　그는 마차에서 내려와 우규호의 등을 치며 만족스럽게 웃었다.

　기대했던 것보다 우규호는 똑똑한 녀석이었다.

　예상보다 훨씬 잘해 줬기 때문이다.

　"네가 이제부터 친위대의 부대장이다."

　"……!"

지켜보고 있던 주상산과 거산의 얼굴이 일그러졌고, 시우만 난처한 얼굴을 해 보였다.

"주군……."

"왜?"

"정말…… 제가 그런 걸 해야 합니까?"

여전히 내키지 않는 시우였다.

그런 시우를 바라보며 공손천기는 야릇하게 웃었다.

"네가 대장이 돼야 하는 건 당연한 거다. 애초에 너보다 약한 녀석의 명령을 들을 순 없잖아?"

"……!"

시우는 공손천기의 명쾌한 대답에 반박할 수가 없었다.

그의 말이 맞았던 것이다.

강한 자가 약한 자 밑에 있을 수는 없었다.

"……그, 그럼 진즉에 그리 말씀해 주시지 그러셨습니까?"

그럼 이런 재미있는 구경거리가 되지 않았을 것 아닌가?

시우가 볼멘소리를 하자 공손천기는 히죽 웃으며 마차에 다시 올라탔다. 그리고 시우를 바라보며 의미심장하게 웃었다.

『아무튼 잘했다. 마지막에 우규호와 정면충돌을 회피한 것도 너답지 않게 똑똑했다. 변명도 제법 좋았지. 좋은 배려심이다.』

시우는 갑자기 들린 공손천기의 전음에 움찔하며 그를 바라보다가 어색하게 웃음 지었다.

사실 방금 전에 시우는 손가락 하나로 전력을 다한 우규호를 완전히 튕겨 버릴 수 있었다.

화경의 고수란 그런 것이니까.

'하지만……'

그랬다가는 비참하게 튕겨져 나갈 우규호에게 너무 미안했던 것이다.

조금 전에 우규호가 한 번 물러서 줬으니 이번에는 시우가 물러서 준 것이다.

『친위대장이 되기에 충분한 배려심이다. 앞으로도 계속 수고해라. 시우.』

"……."

시우의 얼굴이 일그러짐과 동시에 공손천기는 마차 안으로 쏙 들어갔다.

"이제 돌아가자. 십만대산으로."

"……존명."

시우는 한숨을 내쉬며 마차 지붕 위에 올라섰다.

그러다 마차 안에서 즐거워하고 있을 공손천기의 얼굴이 생각나서 너무 분한 마음에 불쑥 입을 열었다.

"주군, 한데 저희 친위대에는 아무런 이름이 없는 겁니까?"

"이름?"

"예. 뭔가 멋진 이름을 하나 지어 주십시오, 주군."

"이름이라……."

이런 갑작스러운 질문에 얼마나 잘 대응할 수 있을까?

하나 공손천기는 시우의 질문에 금방 대답을 내놓았다.

"마라천풍대. 악마의 바람이라는 뜻이다."

"……."

지붕에 앉아 있던 시우의 얼굴이 다시금 일그러졌다.

생각보다 너무 멋있는 이름이었기 때문이다.

그렇게 시우는 훗날까지 최강이라 불리는 천마신교 마라천풍대, 최초의 대주가 되었다.

*   *   *

하늘에는 육욕천(六欲天)이라 불리는, 신들이 존재하는 여섯 하늘이 있다.

그중에서도 가장 높은 하늘이자 모든 욕망의 정점이라 불리는 타화자재천(他化自在天).

그곳을 지배했던 왕이 바로 마왕 파순이다.

부처에게 봉인당하기 직전까지만 해도 절대적인 힘을 사방에 과시했던 마왕 파순.

'분명 그랬는데…….'

파순은 지금 자신의 상태를 내려다보며 툴툴 웃어 버렸다.

부처의 각성을 막지 못한 대가는 너무 컸다.

가진 힘의 거의 대부분을 빼앗기고 봉인당한 것도 모자라서 고작 인간의 몸뚱이 하나를 차지하기 위해 얼마나 모진 고초를 겪었던가?

'그래도 이건 제법 마음에 드는 몸뚱이다.'

일각의 몸은 굉장히 튼튼했다.

마왕 파순이 완벽하게 몸을 차지했음에도 조금의 균열도 없이 버틸 정도였으니까.

고도로 단련한 육체인 것이다.

'하지만…….'

아무리 심신을 단련했다 하더라도 기본이 인간인 이상 근원적인 욕망을 완전히 버릴 순 없었다. 그리고 그런 욕망이 조금이라도 남아 있다면 인간은 파순을 결코 막을 수 없었다.

"내 이름은 파순이다. 인간."

일각이 느긋한 얼굴로 자리에 앉아서 말을 하자 그 맞은

편에 있던 곽운벽은 잠시 멈칫했다가 무언가를 떠올리고 고개를 끄덕였다.

이건 생각지도 못했던 거물이었다.

"하늘의 대마왕님께서 인간 세상에 강림하시다니, 놀랍노 자네."

일각, 아니 파순은 선선히 고개를 끄덕였다.

자신을 아는 인간인데 생각보다 반응이 담담했다.

'그러나 상황은 변하지 않을 것이다.'

자신의 정체를 알아 봤자 힘없는 인간이 할 수 있는 것은 아무것도 없었다.

파순은 자리에서 천천히 일어나 곽운벽에게 다가가며 말했다.

"나는 별로 이 몸뚱이를 잃고 싶은 마음이 없다. 오랜만에 잡은 기회니까. 그러니 네가 개수작을 부리면 곤란해지지."

곽운벽은 웃었다.

그리고 재빨리 품에서 무언가를 꺼내어 입에 털어 넣은 후 다가오는 파순을 똑바로 바라보며 말했다.

"나는 우리 마왕님과 친구가 되고 싶은데, 그건 안 될까?"

"무리다, 인간. 복종하는 거라면 모르겠지만."

"……그건 좀 어렵지. 나도 자존심이 있는데."

곽운벽이 뭐라 하거나 말거나 파순은 그에게 다가와 멱살을 잡아 쥐려 했다.

　그것을 피하지도 않고 지켜보던 곽운벽이 히죽 웃으며 말했다.

　"근데 우리 마왕님께서는 내가 바보로 보이나 보네?"

　"……?"

　"내가 아무런 대책도 없이 마왕님이랑 단둘이 마주할 정도로 바보로 보여?"

　파순은 눈을 가늘게 뜨고 곽운벽을 바라보았다.

　무슨 의도에서 하는 말인지를 파악하기 위함이다.

　그러다 눈을 빛냈다.

　'이놈…….'

　속마음이 전혀 읽히지 않았다.

　본래 인간은 욕망의 덩어리라 파순의 눈에는 각각의 속마음이 훤히 보였다. 한데 지금 파순의 눈에는 곽운벽의 마음이 전혀 보이지 않았다.

　"인간 주제에 제법 재미있는 짓을 하는구나. 방금 뭘 먹은 거지?"

　"……예전에 취미로 만들어 놨던 호심단(護心丹)이야."

　파순은 신기한 동물 보듯이 곽운벽을 응시하다가 손을 뻗어 그의 목줄을 움켜쥐었다.

"푸흐흐, 제법 특이한 짓이긴 했다만 그래 봤자 죽으면 아무런 의미가 없지 않으냐?"

"나 죽이면 후회할 텐데……."

곽운벽의 중얼거림에 파순은 고개를 저었다.

"크크크, 고작해야 너 하나를 죽이는 것 정도로 인과율이 어긋나지는 않지."

"……내가 분명히 말했잖아, 장치를 해 났다고. 경고하는데 지금 이 손 빨리 놓는 게 좋을 거야."

파순은 웃었다.

그리고 손에 힘을 주었다.

뿌드득―

곽운벽의 여유롭던 얼굴에 순간적으로 고통의 표정이 떠오르자 파순은 만족스럽게 웃었다.

"아주 좋은 얼굴이구나. 정말 맛있는 표정이다. 크크크……."

그가 송곳니를 드러내며 웃을 때 고통스러운 얼굴로 버둥버둥거리던 곽운벽이 파순의 팔목 어딘가를 가볍게 눌렀다.

그러자 반응은 곧장 일어났다.

웃고 있던 파순의 몸이 일순간 휘청거리며 뒤로 넘어간 것이다.

'어?'

갑자기 아무런 말도 나오지 않았고, 전신에서 순식간에 힘이 풀렸다. 동시에 시야가 급격하게 흐려졌다.

'이건……'

몸 내부에서 무언가가 폭발하며 빠른 속도로 무너져 가고 있었다.

파순이 입과 코에서 울컥거리며 피를 토해 내는 사이, 곽운벽이 목을 부여잡고 켁켁거리며 말했다.

"……일각 맹주님 본인이 아니면 그 주화입마는 막을 수 없을 거야. 그러니 마왕님께서는 선택하는 게 좋을걸?"

"……감히 네놈이……"

파순은 전신을 부들부들 떨면서 내부에서 미친 말처럼 날뛰는 힘을 제어하기 위해 애썼다.

하지만 역부족이었다.

애초에 일각 몸속에서 이루어지는 내력의 폭주는 무공이라는 것을 전혀 모르는 파순이 감당할 수 없는 흐름이었던 것이다.

"……일단 도망쳐야겠네."

파순을 내버려 두고 곽운벽은 자리에서 일어섰다.

저대로 파순이 회복을 해도 죽을 목숨이었고, 만약 회복을 못 해서 일각이 죽게 되면 자신은 정도맹의 수뇌부들에게 죽을 판이었다.

'삼십육계 줄행랑은 이럴 때 치는 거지.'

뒷일은 어찌 될지 모르겠지만 일단 곽운벽은 비틀비틀거리며 문을 열었다.

그러다 뒤를 슬쩍 바라보며 히죽 웃었다.

"아…… 큰일 날 뻔했네."

"……."

생각해 보니 이대로 그냥 도망가면 아주 곤란해진다.

만약 파순이 완전히 몸을 회복하게 되면 그때는 정말로 대책이 없으니까.

세상 어디에도 숨을 곳이 없는 것이다.

그랬기에 곽운벽은 파순에게 천천히 다가가 그의 정수리 부분을 살펴보며 말했다.

"이번에는 더…… 분명한 제약을 하나 걸어 둬야지. 만약 쫓아오면 그땐 나도 마왕님이랑 이판사판이야."

파순이 눈을 부릅뜨고 곽운벽을 바라보고 있을 때.

곽운벽은 품에서 기다란 장침을 꺼내어 파순의 정수리 부분에 쑤셔 박았다.

"끄으으…… 끄아아아아!"

번갯불이 전신을 관통하는 고통.

인간의 몸뚱이에 갇혀 있는 마왕 파순의 입에서 짐승 같은 울부짖음이 터져 나왔다. 곽운벽은 그 모습을 헤헤거리며 지켜보다가 천천히 뒤로 물러섰다.

이제는 마왕 파순과 돌이킬 수 없는 관계가 되어 버렸다.

"친구가 되고 싶었는데……."

파순에게 개인적으로 궁금한 게 너무 많았는데 아쉬웠다.

곽운벽은 목을 한 번 돌리며 가볍게 풀고 자리에서 일어나서 바깥으로 나갔다. 그러자 문 앞에 백무량이 서서 그를 바라보고 있었다.

"안에서 대체 무슨 일이 일어난 거지? 어르신은?"

곽운벽은 눈앞에 있는 강직한 얼굴의 무인을 바라보며 환하게 웃었다. 그리고 그의 어깨에 손을 올리고 말했다.

"지금 어르신은 아주 중요한 치료 중이야."

"치료 중이라고? 저게?"

누가 들어도 고통스러워하는 비명이 아니던가?

백무량이 어처구니없는 얼굴을 할 때, 곽운벽이 문을 닫으며 말했다.

"지금 어르신 몸에서 뿜어져 나오는 기운을 봐 봐. 겉모양에 속지 말고 내부를 보라는 거야. 다른 동태눈깔들에게는 안 보이겠지만 너에게는 보이겠지. 단순히 겉의 껍데기를 보지 말고 알맹이를 들여다보라고."

백무량은 순간 무슨 말인지 몰라서 눈을 깜빡거렸다.

하지만 곽운벽의 진지한 얼굴을 마주하고서는 눈을 가늘게 뜨고 문 너머의 일각을 지켜보았다.

'알맹이를 본다…….'

그게 뭐 다를 것이 있겠는가?

백무량은 의미 없다고 생각하며 정신을 집중하다가 눈을 부릅떴다.

"이, 이건……?"

겉에서 머물고 있는 선한 기운과 다르게 일각의 내부에는 무척이나 원초적이고 사악한 기운이 일렁거렸던 것이다.

그것을 느낀 백무량이 전신을 딱딱하게 굳히자 곽운벽이 말했다.

"이제 좀 보여?"

"……저건 뭐냐, 대체?"

"대마왕님이시지. 아무튼 영감이 정신을 차리기 전에 도망쳐야 해."

도망?

왜?

백무량이 이해가 안 된다는 얼굴로 있을 때 곽운벽은 조급한 얼굴로 그를 채근하며 말했다.

"맹주님 몸뚱이를 지금 파순이라는 대마왕이 차지했거든? 그놈이 정신을 차리기 전에 얼른 도망쳐야 해. 깨어나면 당장에 날 잡아 죽이려고 할 게 뻔하니까."

"……."

백무량은 곽운벽의 말이 하나도 이해가 되지 않았지만 곧 조용한 얼굴로 문 너머를 살펴보았다.

그러다가 진지하게 말했다.

"네 말대로라면 어르신의 몸속에 다른 이질적인 게 있다는 말이겠지?"

"그래."

"그럼 어르신이 깨어나실 확률은 조금도 없나? 내 눈으로 봤을 때 지금 절반 정도는 어르신의 기운이 움직이고 있다."

곽운벽은 백무량을 잠시 살펴보았다.

백무량의 얼굴에 떠올라 있는 어떤 기대심을 읽은 곽운벽은 한숨을 내쉬며 솔직하게 말해 주었다.

"물론 당연히 그럴 수도 있지. 사실 그러려고 내가 저렇게 내부를 완전히 뒤집어 버린 거니까. 하지만 아무래도 맹주님보다는 파순이 깨어날 확률이 높아. 그도 아니면……."

"아니면?"

곽운벽은 백무량의 채근에 뒷머리를 긁적이다 곧 태연하게 말했다.

"사실 제일 확률이 높은 건 저대로 몸부림치다가 죽어 버리는 거야."

"……"

백무량은 멍청한 눈으로 곽운벽을 바라보았다.

이런 말을 이렇게 뻔뻔하게 내뱉는 놈은 아무리 봐도 정상 같지 않았던 것이다.

'어떻게 해야 하는 것인가.'

문제는 심각했다.

그에게 은인이라고 할 수 있는 일각이 지금 저기서 죽어가고 있었다.

어찌해야 할지 선뜻 판단이 서지 않아 백무량이 고민하고 있는데, 곽운벽이 갑자기 뒤로 내달리며 말했다.

"아무튼 난 도망친다. 너는 네 맘대로 해."

"……"

뻔뻔한 데다가 무책임하기까지 했다.

백무량의 얼굴이 일그러지든 말든 곽운벽은 냅다 뒤로 달려 도망쳤다.

'난감하게 됐군.'

원래는 가볍게 어르신의 상태나 살펴보러 온 백무량이었

다. 그런데 졸지에 너무 암담한 상황과 마주해 버린 것이
다.

백무량은 한참 고민하다가 문 앞에 가부좌를 틀고 앉았
다.

'어찌 되었건 결과를 본다.'

만약 이대로 일각이 죽게 된다면 백무량은 그대로 곽운
벽을 쫓아가 잡아 올 것이다.

그리고 그 책임을 물을 생각이었다.

'깨어난다면……'

그럼 그것이 누구냐에 따라 달랐다.

백무량이 눈을 감고 문 앞에서 가부좌를 틀고 있을 때.

실내에서 파순은 이를 부득부득 갈고 있었다.

'이 하등한 놈들이 감히……'

공손천기 그 가증스러운 놈도 그러했고, 저 곽운벽이라
는 찢어 죽일 놈도 그랬다.

파순.

그는 부처에게 힘을 거의 몽땅 빼앗긴 상태라 저런 잡놈
들에게 합당한 응징을 해 주지 못하는 상황이 너무도 화가
났다.

전신에서 날뛰고 있는 이 괴상한 힘.

인간이 내력이라 부르는 이 하찮은 힘조차 제대로 제어

하지 못하는 스스로의 한심함에 치가 떨려올 정도였다.

'여래…… 네가 원하던 것이 이런 거였느냐?'

육욕천.

그중에서도 타화자재천의 왕이자 근원의 마왕인 자신에게 이런 처지는 너무 굴욕적이지 않은가?

그를 봉인하고 이런 밑바닥까지 끌어내린 부처가 원망스러웠다.

육체적인 고통은 별것 아니었다. 단지 인간들 따위에게 휘둘려 이런 상황에 처한 자신이 너무 한심했던 것이다.

그렇게 근원적인 분노를 차곡차곡 쌓고 있던 파순은 갑자기 떠오른 생각에 눈을 번뜩였다.

'혹시…….'

엄청난 생각이 떠오른 것이다.

일종의 도박이었지만 이것이 가능할 것인지 아닌지까지는 지금 파순에게 판단할 여력이 없었다.

파순은 전신의 힘을 쥐어짜 자신이 흘린 피를 손가락 끝에 묻혔다. 그리고 그것을 부들부들 떨면서 심장 쪽으로 가져가 어떤 문양을 그리기 시작했다.

그런 무리한 동작으로 인해 내부 장기들이 제멋대로 움직였고, 근육들은 조금씩 찢겨 나가고 있었다.

'크크크…….'

파순은 그 엄청난 고통들을 음미하며 문양을 완성시켜 나갔다.

그렇게 심장 어림에 그린 역오망성(逆五網星, 별 문양을 위아래 반대로 뒤집어 놓은 문양)이 완성되자 머릿속으로 엄청 긴 주문을 빠르게 되뇌기 시작했다.

'……나와라…… 빌어먹을.'

하나 한참의 시간이 지나도 별다른 반응이 없었다.

눈동자의 실핏줄이 터져 나가며 파순이 분노로 치를 떨 때쯤 허공중에 무언가 회색빛의 연기가 일렁거리기 시작했다.

파순이 그것을 느끼고 환희에 가득 차 벌겋게 웃을 때.

허공에서 일렁거리던 회색빛의 연기 사이로 거대한 문이 생기고 그곳에서 차가운 표정의 아름다운 여인이 걸어 나왔다.

[누가 감히 나를 불렀느냐?]

하늘에서 내려온 미녀.

그녀는 잠시 바닥에 누워서 죽어 가고 있는 인간을 바라보다 눈살을 찌푸렸다.

[……이게 대체 무슨 짓입니까?]

불쾌함이 느껴지는 표정에는 언짢은 기색이 노골적으로 떠올랐다. 하나 파순은 그 표정을 보고서도 조금도 화가 나지 않았다.

오히려 기뻤다.

자신의 도박이 성공했기 때문이다.

미녀가 등장함과 동시에 주변에 흐르던 시간이 일시적으로 멈추고 모든 고통이 순식간에 사라진 것이다.

마왕 파순은 천천히 몸을 일으켰다.

그리고 눈앞에 등장한 미녀를 똑바로 바라보며 말했다.

"덕분에 위기를 넘겼다. 내 사랑스러운 딸아."

미녀의 얼굴에 분노가 떠올랐다.

[절 그렇게 부르지 않으셨으면 좋겠습니다. 아버님.]

"아아, 그럼 다른 놈들처럼 데바타라 불러줘야 하느냐?"

데바타(아프사라스)라 불리는 미녀는 가볍게 한숨을 내쉬며 말했다.

[저와 오래전에 연을 끊으신 것으로 알고 있었는데 그것은 저 혼자만의 착각입니까, 아버님?]

"아니지. 네가 그 망할 놈의 부처 편에 서는 순간부터 나는 분명 너를 내 딸로 생각하지 않았다."

파순의 가시 돋친 말에 데바타의 얼굴에 동정의 기색이 떠올랐다.

[아버님은 참으로 가련하십니다. 그 긴 시간 동안 조금도 반성을 하지 않으셨군요. 위대한 분에게 아직도 원한을 가

지고 계실 줄이야…… 안타깝습니다.]

데바타는 고개를 절레절레 저었다.

그리고 자신이 나온 문을 천천히 손으로 잡으며 말했다.

[저에게 어떤 도움도 기대하지 마십시오. 아버님은 지금 그분에게 벌을 받는 중입니다. 그러니 모든 고통을 오롯이 혼자 감내하셔야 합니다.]

"그럴 순 없지. 그리고 너 역시 그렇게 두진 않을 거다."

파순이 음침하게 웃자 데바타는 차가운 얼굴로 말했다.

[착각이 심하십니다. 아버님. 저는 이미 그분의 뜻에 탄복하여 새롭게 태어났습니다. 그 사실은 아버님도 아실 텐데요?]

과거 부처가 수행할 때.

그를 유혹하기 위해 파순이 보냈던 존재가 바로 데바타였다. 부처를 유혹해서 수행을 방해하고 그 고기를 먹기 위해 스스로의 딸을 보낸 것이다.

하지만 데바타는 부처의 덕에 감복해서 악을 버리고 불문에 귀의해 버린 아주 특이한 악마였다.

"아니, 아직 너의 이름은 내 아래에 존재한다. 아직은 내 종자라는 소리지. 너는 내 명을 거스를 수 없다. 지금 이렇게 소환되어 나온 것이 바로 그 증거다."

[설마 그런 사소한 것으로 저를 협박하려 하십니까? 아

버님도 많이 타락하셨습니다.]

데바타의 얼굴에 분노와 실망이 떠올랐지만 파순은 태연하게 말했다.

"나는 너에게 새롭게 태어날 기회를 주려 한다. 나와 거래하자, 데바타."

[거래요? 제가 아버님과? 그런 것을 해서 제가 얻는 게 아무것도 없는데 할 것 같나요?]

"아니, 네가 얻는 건 분명히 있다. 내 종자 중의 하나인 너를 이번에 완전히 자유롭게 해방시켜 줄 생각이니까. 그럼 네가 그토록 갈구하던 부처에게 새로운 이름을 얻을 수도 있겠지."

그때까지 차갑기만 했던 데바타의 아름다운 얼굴에 눈에 띄는 동요가 떠올랐다.

파순은 그것을 놓치지 않고 말했다.

"이 몸뚱이에 육욕천으로 통하는 문을 열어 다오. 지금의 너에게는 그다지 어려운 일이 아닐 거다. 그렇게만 해준다면 내 권속에서 완전히 해방시켜 주마. 이건 약속이다."

데바타는 파순의 제안에 입을 다물었다.

그녀는 한참을 고민하다가 깊은 탄식을 터트리며 말했다.

[그분의 눈을 완벽하게 속이는 것은 불가능합니다. 하지만…… 이건 저에게 거부할 수 없는 제안임이 분명하네요. 차후 제 행동에 대해 그분께서 책임을 물으시겠지만…….]

하늘을 바라보던 데바타의 얼굴에 씁쓸함이 떠오르고 그녀의 손이 보랏빛으로 물들어갔다.

[아버님에게서 완전히 독립할 수만 있다면 그것으로 이미 저는 죗값을 치를 각오가 되어 있습니다.]

"크크크, 그래. 잘 생각했다. 과연 현명해. 내 딸답다."

[……저에게 그렇게 말하는 것도 이제 마지막입니다, 아버님.]

마왕이 본인보다 하위의 악마와 거래하는 건 역사상 유래가 없는 일이었다.

파순은 데바타의 손길이 심장 어림에 닿자 그곳에서부터 느껴지는 화끈한 통증에 음험하게 미소 지었다.

"크크크, 좋아. 너와의 약속은 이루어졌다. 데바타."

데바타는 잠시 파순을 내려다보다가 자신의 몸 전체가 가벼워짐을 느끼며 고개를 끄덕였다.

[……그렇군요, 파순. 덕분에 나는 그분께 큰 죄를 지었습니다.]

"푸흐흐, 네가 현명하게 잘 대처할 거라 믿는다, 데바타."

데바타는 고개를 절레절레 젓고는 곧장 뒤쪽에 있는 문을 열고 들어가 버렸다.

더는 파순과 이야기도 하기 싫었던 것이다.

파순은 그러거나 말거나 신경 쓰지 않으며 자신의 몸에서 넘치는 힘을 만끽했다.

아직도 한심한 수준이었지만 이 정도면 작은 복수를 하기엔 충분했다.

"이제 진짜 응징의 시간이다, 미천한 인간들."

보랏빛으로 번들거리는 시선으로 파순은 사악하게 미소 지었다.

第二章
동상이몽

친위대에 마라천풍대라는 이름을 붙여 준 것은 사실 공손천기에게는 커다란 모험이었다.

무언가에게 이름을 붙여 준다는 것.

그것은 그 대상에 대해 어떤 식으로든 책임을 진다는 것을 의미했기 때문이다.

그 책임을 부담스러워한 탓에 지금까지 이름이라는 것을 단 한 번도 붙여 준 적이 없던 공손천기였다.

'변덕이었나⋯⋯.'

시우가 이름을 지어 달라고 했을 때 갑자기 머릿속에 마라천풍대라는 이름이 생각났고, 자신도 모르게 이름을 붙여 버렸다.

남들에게는 보이지 않았겠지만 이름을 붙이는 순간, 전신이 묵직할 정도의 책임감이 어깨를 짓눌러 왔다.

'도움 안 되는 놈.'

옆방에서 쉬고 있는 시우를 떠올리며 공손천기가 낮게 혀를 찼다.

남들보다 한참이나 늦게 일어난 그는 머릿속의 잡념들을 지우며 침상에서 몸을 일으켰다.

"건강하시지요, 개념?"

헥헥헥.

강아지가 공손천기의 품에 파고들며 낑낑거리자 공손천기는 그를 꼭 껴안아 쓰다듬으며 한숨을 내쉬었다.

간밤에 꿈자리가 사나웠던 것이다.

무슨 꿈이었는지 명확하게 떠오르진 않았지만 몹시 찝찝하고 불쾌한 기분이었다.

그래서 공손천기는 강아지를 품에 안고 대나무로 만든 산통을 꺼내 들었다. 그렇게 한 시진(두 시간)이 지날 무렵, 공손천기의 얼굴에서 서서히 여유가 사라졌다.

"흐음……."

벌써 서른 번이 넘었다.

조심스럽고도 천천히 산통에서 괘효를 뽑아 보았지만,

이번에도 그곳에는 선명하게 대흉(大凶)이라는 글자가 쓰여 있었다.

"뭔가 있긴 있다 이건데……."

시우도 무사히 합류했고 이제 십만대산으로 돌아가는 길이었다. 그런데도 놀라울 정도로 점괘가 좋지 않았다.

공손천기는 그렇게 연속해서 점괘를 몇 번 더 뽑아 보고 피식 웃었다.

'어떻게, 어떤 물음을 가지고 뽑아도 계속 대흉이 나온다라……'

이런 경우는 처음이었기에 공손천기는 평소의 여유를 버리고 진지하게 생각에 잠겼다.

'대체 뭐가 문제지.'

어디에서 뭐가 잘못된 것인지 짐작이 되지 않았다.

점괘대로라면 십만대산으로 가도 문제고, 돌아가지 않아도 문제였다. 그렇다고 이곳에 죽치고 있어도 문제가 되었다.

어딜 가도 문제라는 점괘에 공손천기가 그렇게 한참을 끙끙대고 있을 때, 바깥에서 누군가가 기척을 흘렸다.

"들어와."

"예, 주군."

시우였다.

그는 방 안으로 들어와 공손천기의 표정을 살피더니 멋

쩍은 미소를 그리며 말했다.

"간밤에 평안하셨습니까, 주군?"

"아니. 그렇지 못한데?"

진솔하고 솔직한 대답에 시우는 어색하게 웃다가 본론을
꺼냈다.

"저…… 이 근방에 누이의 무덤이 있는데 다녀와도 되겠
습니까, 주군?"

"……?"

공손천기는 시우의 말에 고개를 갸웃거렸다.

"아직도 다녀오지 않았냐?"

"예…… 중간에 당지광을 만나는 바람에 일정이 꼬였거
든요."

시우가 민망한 얼굴을 할 때.

공손천기는 잠시 무언가를 생각하다가 점괘를 뽑아 보고
눈을 빛냈다.

"여기서 멀지 않다고?"

"예……."

"좋아. 가자."

"감사합니다, 주군."

시우는 몸을 돌려 나가려다가 멈칫하고 다시 공손천기를
바라보았다.

뭔가 좀 이상했던 것이다.

보통 이런 상황에서는 다녀와라, 혹은 잘 가라 등의 말이 나와야 정상이었다.

'같이 가자는 건가, 설마?'

그럴 리가 없다고 생각하면서도 시우가 머뭇거리고 있자 공손천기가 확실하게 못을 박았다.

"뭐해, 안 나가고? 길 안내 해야지?"

"설마 주군께서도 같이 가시는 겁니까?"

대체 왜?

무슨 꿍꿍이가 있는 걸까?

이해가 안 된다는 표정을 짓는 시우에게 공손천기는 히죽 웃으며 말했다.

"걱정 마라. 나쁜 뜻은 없으니까."

"······."

저런 웃음을 보여 주고서 나쁜 뜻이 없다고 하면 선뜻 믿기 어려운 법이다.

시우가 이러지도 저러지도 못하고 머뭇거리고만 있자 공손천기의 얼굴이 천천히 찡그려졌다.

'······까라면 까야지.'

공손천기의 얼굴이 더 험악해지기 전에 시우는 냉큼 바깥으로 튀어나갔다.

이런 종류의 불평불만은 속으로만 해야 했으니까.

시우는 약간의 불안감을 가지고 일단 바깥으로 나왔다.

객잔의 바깥에는 이미 마라천풍대 인원들이 언제든 출발할 수 있게 준비를 마친 뒤였고, 시우는 그들에게 어색하게 아는 척을 해 보였다.

"다들…… 간밤에 별일 없었지요? 하하……."

"……."

모두가 시우를 힐긋 쳐다보기만 할 뿐 별다른 대꾸를 하지 않았다.

각자가 자기 할 일들을 하는 것이다.

하지만 시우는 그런 태도에 전혀 상처받지 않은 얼굴로 마차의 앞자리, 즉 마부석에 가서 앉았다.

예전에 흑사자들의 우두머리가 되었을 때도 딱히 그들이 시우의 말을 잘 따르거나 하지는 않았기에 이미 익숙했다.

'난 역시 이런 게 체질에 안 맞나 보다.'

누굴 부리거나 명령하고 그에 따른 책임을 지는 일은 사실 시우가 질색하는 것 중의 하나였다. 하지만 어찌 되었건 반강제적으로 직책을 맡게 되었으니 해야 할 일은 해야 했다.

"흠흠, 교주님께서 이동 경로를 바꾸신다고 하시니 다들 잘 따라오면 됩니다."

"어디로 가는 겁니까, 대주님?"

비영이 대표로 나서서 묻자 모두가 궁금한 얼굴을 해 보였다.

시우는 비영을 힐긋 보고 모두와 시선을 맞춘 다음에 입을 열었다.

"목적지는 방정산입니다. 여기서 느리게 가도 이틀 정도 걸리니까 그렇게 멀지는 않습니다."

"대주님께서는 왜 교주님께서 그곳에 가시려는지도 아십니까?"

비영은 이곳에서 유일하게 시우를 대주님이라 불러 주는 사람이었다.

익숙하지 않은 칭호에 어색한 얼굴을 하며 시우가 대답했다.

"교주님의 깊은 의중까지는 모르겠지만, 일단 그곳에는 저 때문에 가는 겁니다."

다시 한 번 모두의 얼굴에 궁금증이 떠올랐지만 더는 묻지 못했다.

공손천기가 때맞춰 바깥으로 나왔던 것이다.

"출발 준비는 끝났지?"

"예, 주군."

"그럼 가자."

공손천기는 냉큼 마차에 올라탔고, 시우는 마부에게 부

탁해서 마차를 출발시켰다.

'누이……'

어쩌다 보니 누이의 무덤에 교주님을 비롯해서 모두가 함께 가게 되었다.

처음에는 이런 대규모 움직임이 부담스러웠지만 시우는 긍정적으로 생각하기로 마음먹었다.

'시끌벅적해서 누이도 좋아하겠다.'

그렇게 생각하니 마음의 부담이 한결 가벼워졌다.

시우가 그런 마음으로 방정산을 향할 때.

마차 안의 공손천기는 강아지의 몸을 쓰다듬으며 생각에 잠겼다.

'점괘가 대흉에서 흉이 된 건 분명히 뭔가 의미가 있겠지?'

시우 녀석을 따라 이동하면 그나마 최악의 상황은 피할 수 있다고 점괘가 알려 주었다.

'그곳으로 가면 어떤 해답이 있다는 뜻이겠지.'

공손천기의 예상대로 목적지에는 전혀 예상치도 못했던 해답이 기다리고 있었다.

마부석에 앉아서 마부와 가볍게 농담 따먹기를 하던 시우는 누이의 무덤이 가까워져 오자 천천히 속도를 줄이기 시작했다. 그리고 마차를 멈춰 세우고 공손천기를 부르려다가 자신도 모르게 화들짝 놀랐다.

"으억! 그쪽이 어떻게 여기에 있는 겁니까?"

"호오? 네놈 그사이 뭔가 좋은 거라도 쳐 먹었나 보구나? 벽을 뛰어넘었네?"

"……아니, 그런 것보다 왜 당신이 여기에 있는 거냐구요!"

"너랑 할 이야기가 아니니까 네 주인이나 빨리 불러."

시우가 갈등하는 얼굴로 마차에서 내려설 때.

그와 마주하고 있던 사내의 얼굴에 미소가 떠올랐다.

"왜? 네가 한판 해보게? 벽을 넘었다고 아주 자신만만해졌네."

"……."

시우는 눈앞에 있는 사내를 보며 두 손을 아래로 늘어뜨렸다.

두 사람의 거리는 약 열 장(삼십 미터) 정도.

'이 정도면 충분히 해볼 만하다.'

시우가 막 호흡을 고르고 있는데 마차 문이 열리고 공손천기가 걸어 나왔다.

"거기까지만 해."

"주군……."

공손천기는 보았다.

완만한 언덕 바로 아래, 뿌리째 뽑혀 있는 나무에 편하게 걸터앉아 있는 사내를.

"네가 해답이었군."

초위명은 시큰둥한 얼굴로 공손천기를 바라보며 말했다.

"그따위 어설픈 예지력으로 여기까지 용케 잘 찾아왔다, 애송이. 칭찬해 주마."

공손천기는 초위명을 물끄러미 바라보다가 오만하게 웃으며 말했다.

"꼴 보기 싫은 면상은 여전하군. 근데 무슨 자신감으로 나를 기다리고 있던 건지 모르겠네. 죽고 싶어서 환장했나?"

공손천기의 비아냥에 초위명의 눈가에 작은 경련이 일어났다.

"여전히 짜증 나는 놈이다, 네놈은. 너 혼자서 감히 날 상대할 수 있을 것 같으냐? 저번에도 마왕 놈의 도움이 없었으면 넌 백번쯤은 뒈졌어."

"너 역시 그 작은 친구의 도움이 없었으면 애초에 한 주먹감도 안 되지."

공손천기가 턱짓으로 초위명의 품에 있는 작은 고양이를 가리켰다.

초위명은 볼을 씰룩거리며 말했다.

"착각하지 마라, 애송이. 묘신의 도움이 없어도 네놈 같은 반편이 따위는 하품만 해도 죽일 수 있어."

"재밌겠는데? 당장 해봐, 그럼."

"못 할 것도 없지."

둘이 그렇게 날카롭게 이를 드러내며 대립할 때.

초위명의 품에서 가볍게 튀어나온 검은색 털의 고양이가 앞발로 털을 고르며 한심하다는 어투로 말했다.

[너희 둘 다 그만해. 애초에 이러려고 만난 것도 아니잖 아? 빨리 본론으로 넘어가는 게 어때?]

공손천기는 고양이를 힐긋 바라보며 입을 열었다.

"그렇게 현신까지 가능한 걸 보니 굳이 저런 바보 놈에 게 붙어 있을 필요가 전혀 없어 보이는데 왜 같이 다니는 거 지? 뭐 먹을 게 있다고?"

검은 고양이.

묘신은 갸르릉거리며 웃다가 대답했다.

[이 아이도 나름대로 재미있거든. 그리고 자세한 건 이쪽 사정이니까 신경 안 써 줘도 된다, 아이야.]

공손천기는 품 안의 강아지를 쓰다듬으며 초위명을 바라 보았다. 초위명 역시 마음에 들지 않는다는 얼굴로 공손천 기를 응시하고 있었다.

둘이 그렇게 서로를 말없이 응시할 때.

그때까지 조용히 있던 시우가 조심조심 눈치를 살피며 언덕 위쪽에 있는 무덤가로 다가갔다.

'누이, 미안해. 괜히 소란을 일으켰네, 내가. 최대한 빨

리 돌아갈게.'

시우는 잡풀이 무성한 무덤가를 정리한 뒤 종이에 싸 온 당과를 품에서 꺼내 내려놓았다.

그렇게 가볍게 묵념을 하며 누이를 그리고 있을 무렵 무언가가 그에게 다가왔다.

[그거 맛있어 보이네.]

"……!"

시우는 기척도 없이 다가온 검은색 고양이를 멀뚱멀뚱 바라보았다.

고양이는 그런 시우를 힐긋 보다가 당과를 응시하며 말했다.

[이거 내가 먹어도 돼?]

시우는 고개를 끄덕였다.

어차피 누이에게 공양하고 나면 자신이 먹을 당과였다.

누가 먹든 상관없었던 것이다.

고양이는 기분 좋은 웃음을 흘리며 당과를 야금야금 먹기 시작했다.

그사이 초위명은 못마땅한 얼굴로 공손천기에게 본론을 꺼내고 있었다.

"너, 네놈이 지금 무슨 짓을 했는지 알고나 있는 거냐?"

"글쎄? 워낙 대단한 일을 많이 해서 뭘 묻는 건지 전혀 모르겠는데?"

초위명은 공손천기가 정말 모르겠다는 얼굴을 하자 한숨을 내쉬며 말했다.

"네놈 몸뚱이에 있어야 할 파순이 왜 바깥으로 튀어나와 있는 거냐? 대체 그놈이 어떻게 밖에 나와서 육욕천의 문을 열 수 있지?"

"……파순이 육욕천의 문을 열었다고?"

이건 금시초문이었다.

처음 듣는 사실에 공손천기가 순간 멍청한 얼굴을 할 때.

초위명은 짜증스러운 얼굴로 그를 다그쳤다.

"그래, 이 멍청아. 그놈이 얼마 전에 타화자재천의 문을 열어서 이쪽으로 자신의 부하를 소환해 왔다고. 넌 전혀 몰랐지?"

"……."

공손천기는 입을 다물었다.

초위명이 왜 여기에서 그를 기다렸는지 이제야 알 것 같았기 때문이다. 과연 저놈이 찾아올 만큼 엄청난 사건이긴 했다.

"그놈이 사고를 칠 거라고는 생각했지만…… 이건 제법 규모가 크네."

입맛이 썼다.

꿈자리가 뒤숭숭했던 이유가 아마 이것 때문인 모양이었다.

'마왕 파순은 본래 타화자재천의 왕.'

육욕천이라 불리는 여섯 개의 하늘.

그중에서도 타화자재천은 모든 욕망들이 뒤엉켜 있는 혼돈의 하늘이었다.

그 타화자재천에서 모든 악마들을 수족으로 부리는 절대의 왕, 그게 바로 파순이었다.

파순의 이름 아래 묶여 있는 엄청난 숫자의 악마들은 감히 인간이 어쩔 수 없는 존재들이었다.

"이제 어쩔 거냐, 애송이? 계속 네놈 몸뚱이에 가둬 놨으면 어찌어찌 봉인이라도 할 수 있지, 그놈을 들판에 풀어놓다니 미친 거 아니냐? 응?"

초위명의 비아냥에 공손천기는 얼굴을 찡그리며 말했다.

"봉인을 하는 거라면 나까지 함께 파순과 봉인한다는 소리겠지? 꿈이 참 원대하기도 하다. 재능 낭비도 정도껏 해."

"조금만 시간이 더 있었으면 얼마든지 가능했다, 애송아."

공손천기는 입술을 혀로 핥은 후 말했다.

계속해서 이놈이 쏟아내는 비난을 듣고 있을 마음은 없었다.

어찌 되었건 일은 벌어졌고, 지금은 해결 방법을 찾는 게 우선이었으니까.

"이해가 안 되네. 파순은 분명히 힘이 모자라서 타화자 재천의 문을 열 수 없었을 텐데? 대체 어떤 놈이 소환된 거야?"

정말 납득하기 어려웠다.

육욕천의 문은 인간 세계에서 함부로 열 수 없었다.

문을 여는 데 합당한 자격이 필요한 것은 둘째 치고라도, 지금의 파순처럼 힘을 소진해 완전하지 않은 상태에서는 절대로 열 수 없었던 것이다.

'인간들 중에 누군가 다른 조력자가 있었나?'

하지만 어떤 미친놈이 파순에게 협력한다는 말인가? 제정신이 박힌 놈이라면 절대 그럴 리가 없었다.

여기서부터 공손천기는 혼란스러워졌다.

"어떻게 육욕천의 문을 열었는지는 모르지만 이번에 소환되어 나온 놈은 확실히 알고 있지."

"누군데 그놈이?"

"타타후다."

그 이름을 듣는 순간 공손천기의 얼굴이 와락 일그러졌다.

타타후(他他厚).

과거 부처님을 유혹했던 악마 중의 하나이자 불경에서 말하는 번뇌마(煩惱魔, 인간의 마음을 시험하는 악마)의 이름이었다.

잠시 그 이름을 듣고 마른침을 삼킨 공손천기가 초위명을 바라보며 말했다.

"너는 그 과정을 볼 수 있었지?"

"물론이지. 내 천리안이 괜히 있는 줄 아냐, 멍청아?"

"파순이 문을 어떻게 열었지? 문이 정확하게 어디에서 열렸지?"

공손천기가 묻는 질문의 요점을 그제야 이해한 초위명은 눈가에 이채를 띠며 입을 열었다.

"그건 너답지 않게 제법 예리한 질문이다, 애송이. 칭찬해 주마."

"잔말 말고 대답이나 해."

초위명은 손가락을 뻗어 공손천기의 가슴팍을 가리키며 말했다.

"일각이라 불리는 땡중의 심장. 분명 그쪽에서 열렸다."

"……심장이라. 파순 그 녀석도 이판사판이네."

본인이 어찌어찌 어렵게 차지했을 일각의 몸뚱이.

그 몸뚱이를 파괴하지 않는 선에서 고를 수 있는 선택지는 사실 그렇게 많지 않았다.

'아무리 그래도 그렇지 인신 공양을 할 줄이야…….'

힘들게 얻은 몸뚱이를 그대로 다른 놈에게 내어 줄 각오를 한 것은 분명 파순이 그만큼 분노했다는 뜻이었다.

파순은 일각의 몸뚱이를 인신 공양 제물로 던져서 최초의 '조력자'를 하계로 소환한 게 틀림없었다.

'문제는 그 소환에 응한 조력자가 누구인지를 모르겠다는 건데……'

큰 힘을 가진 놈이면 소환의 주문이 발동하는 순간, 소환자가 파순이라는 것을 눈치채고 겁나서 나타나지도 않았을 것이다. 그렇다고 고분고분하게 말 잘 듣는 놈들은 힘이 없으니 육욕천의 문을 열어 줄 수도 없었을 터.

'대체 누구지?'

초위명은 얼굴을 찡그렸다.

최초로 파순에게 문을 열어 준 놈만 알아내도 문을 다시 잠글 방법을 찾을 수 있었다.

하지만 천리안으로는 거기까지 확인할 수 없었다.

너무 순식간에 거래가 끝났고, 파순은 그 자리에서 망설이지 않고 타타후를 소환했던 것이다.

"네놈도 알겠지만 타타후는 파순의 수족 중의 하나이자 타화자재천의 삼대 군단장 중 하나지. 그런 덩치 큰 놈을 소환했으니 곧장 다른 놈을 소환하기는 어려울 거야. 인간의 몸뚱이는 그렇게 질기지 않으니까."

공손천기는 초위명의 말에 고개를 끄덕였다. 그리고 이

제야 초위명이 그를 기다리고 있던 이유를 분명하게 알 수 있었다.

"그래서 나를 찾아온 건, 같이 마왕을 봉인하자 이거겠지?"

"그래, 애송아. 내키지 않지만 별수 없지 않겠느냐?"

공손천기와 손을 잡는 것은 사실 별로 썩 내키지는 않는 일이었지만 이건 정말 어쩔 수 없는 선택이었다.

지금으로써는 마왕을 제어할 수 있는 유일한 방법은 공손천기가 손에 쥐고 있었다.

사실 이건 공손천기로서도 그다지 나쁘지 않은 제안이었다.

'물론 가능하면 중간에 저놈까지 한꺼번에 없애 버리는 게 가장 좋겠지.'

공손천기와 초위명.

둘은 속으로 그렇게 같은 생각을 하며 서로를 향해 따뜻하게 미소 지어 보였다.

*　　　*　　　*

"……지금 이 시기에 꼭 이렇게 욕심을 부렸어야 했나? 이해가 안 되는군."

사막왕 야율무제.

그의 얼굴은 일그러져 있었고, 손에 든 술잔은 가늘게 떨리고 있었다.

사막왕의 맞은편에는 느긋한 얼굴의 극소막이 있었다.

"너무 욕심을 부리셨습니다, 왕께서는. 송충이는 솔잎을 먹고 살아야지요. 사막 전사들은 사막에서 살아야 하는 법입니다."

사막왕 야율무제.

그는 얼굴이 붉게 달아오른 채 전신에서 모락모락 수증기를 뿜어냈다.

"……실망이로군. 그대가 설마 그런 패배자 같은 생각을 가지고 있었다니……."

"허헛, 그저 신중하게 생각하는 늙은이라 여겨 주시면 고맙겠습니다, 왕이시여."

극소막은 분노한 얼굴의 사막왕을 바라보며 여유롭게 술잔을 기울였다.

그는 십 년 가까이 사막왕 야율무제에게 산공독(散功毒, 내력을 흩어 버리는 독)을 복용시키고 있었다.

아무도 모르도록 장기간 직접 사막왕에게 독을 먹이고 있던 것이다.

그리고 그것은 현재 사막왕에게 무척이나 치명적으로 작

용하고 있었다.

몸속에 쌓인 산공독이 일정량에 도달한 순간, 내력이 썰물처럼 빠져나갔던 것이다.

"십 년입니다. 무려 십 년 동안 왕께서 눈치채지 못하게 조금씩 산공독을 복용시켰지요. 그리고 드디어 오늘 그 결실을 맺었습니다. 참으로 기쁜 날입니다, 오늘은. 허허허……."

"……."

사막왕 야율무제.

그는 낮게 이를 갈며 내력을 조절하기 위해 애썼다.

하지만 소용없었다.

내부가 빠르게 허물어져 가는 걸 보니 단순한 산공독이 아니었던 모양이다.

"산공독은 본래가 독이 아니니 인체의 반응이 느릴 수밖에 없습니다. 게다가 이번처럼 장기적으로 먹인다면 더더욱 느낄 수 없지요. 지금 와서 저항하셔도 아무런 의미가 없습니다."

"……."

분하지만 극소막의 말은 사실이었다.

그는 확실하면서도 안전하게 사막왕을 제거하기 위해 기꺼이 십 년이라는 기간을 투자한 것이다.

사막왕은 후회했다.

중원으로 나가는 것을 극도로 싫어하던 극소막이 굳이 따라 나선다고 했을 때부터 이상하다는 사실을 눈치챘어야 했다.

"……그럴 정신으로 나를 도왔으면 되지 않았겠나? 중원의 얼간이들을 처리할 수 있는 절호의 기회를 날려 먹은 거야, 자네는."

야율무제가 기운 빠진 음성으로 바닥에 앉아 말하자 극소막은 빙그레 웃어 보였다.

"왕께서는 아직 젊어서 늙은이의 마음을 이해하지 못하시는 겁니다."

극소막의 말에 야율무제는 고개를 모로 꺾으며 말했다.

"……나는 아직도 무엇을 놓친 건지 전혀 모르겠군."

"허허, 왕께서는 천하에 대한 욕망을 불태우며 위만 바라보았습니다. 하지만 그건 모두에게 힘든 일이 되었지요. 결국 왕을 위해 싸우는 것은 사막의 전사들입니다. 그들의 희생을 너무 쉽게 보셨습니다."

야율무제는 극소막을 바라보았다.

둘은 한동안 그렇게 서로의 시선을 피하지 않고 마주 보았다.

그러다 사막왕 야율무제가 피식 웃으며 말했다.

"……본디 사람의 눈은 거짓을 말할 수 없는 법이지."

"허헛, 왕께서는 이 늙은이의 눈에서 무엇을 보신 겁니까?"

사막왕 야율무제는 고개를 끄덕였다.

그리고 한쪽 입술을 말아 올리며 비웃었다.

"겁이 난 것이로군, 원로원주. 이건 그저 그대가 무서웠기 때문이 아닌가? 처음부터 그렇게 말을 했다면 훨씬 더 이해하기 쉬웠을 텐데 솔직하지 못하군."

"……."

극소막의 눈썹이 꿈틀거렸다.

사막왕 야율무제의 비웃음에 기분이 상한 것이다.

"다 죽어 가는 상황에도 사람 화나게 하는 것은 여전하십니다. 왕이시여."

야율무제는 핏물로 벌겋게 물든 이빨을 드러내 보이며 히죽 웃었다.

"이빨 빠진 호랑이라도 호랑이는 호랑이다. 겁 많은 그대가 지금의 나를 죽일 수 있겠나?"

극소막은 분노로 부들부들 떨었다.

하나 그는 곧 표정을 정리한 후 들고 있던 술잔을 내려놓으며 허허롭게 웃었다.

"허허, 가만히 내버려 두어도 죽을 텐데 굳이 제가 무리할 필요가 있겠습니까?"

"있지. 내가 그렇게 만들 테니까."

"그게 무슨……."

의아한 얼굴의 극소막을 바라보던 사막왕의 몸에서 한 줄기 자줏빛 기운이 벼락처럼 뿜어져 나왔다.

극소막이 움직인 것은 거의 동시에 벌어진 일이었다.

                    *   *   *

사파제일인 냉무기.

그는 발걸음을 멈추고 눈앞에 있는 거대한 건물을 올려다보았다.

'적풍단…….'

사천성 중심부에 자리 잡은 적풍단은 그 당당한 기세만큼이나 위엄 넘치는 건물에 거점을 두고 있었다.

적풍단의 절대적인 보호 덕분에 사천성에서는 사파가 정도맹을 두려워하지 않고 활개를 칠 수 있었다.

'하지만 그래선 곤란하다.'

사파의 영향력이 강해지는 것은 분명 환영할 만한 일이었다. 하나 그것이 적풍단 때문이라면 곤란했다.

냉무기가 판단하기에 적풍단은 외부 세력이었다.

외부 세력은 일이 잘못되면 언제든지 철수할 수 있었다.

'그런 세력에 의지할 수는 없는 법.'

사막왕을 만나 확실한 담판을 지을 생각인 냉무기였다.

좋은 말로 그와 협상할 생각을 갖고 오긴 했지만, 사실 그게 어렵다는 것은 냉무기가 가장 잘 알았다.

'그래도 언젠가는 부딪쳐야 한다.'

이길 수 있을까?

사막왕은 현재 절대십객들 중에서도 세 손가락 안에 꼽히는 고수였다.

'하지만 피할 수 없겠지.'

시간이 더 지나서 적풍단의 세력이 지금보다 넓어지면 냉무기가 생각했던 그림은 완벽하게 무너지게 된다.

사막왕이 사파를 장악하든, 아니면 냉무기 본인이 그것을 차지하든 오늘 그것을 확정짓기 위해 이곳까지 먼 길을 찾아온 것이다.

'한 하늘에 두 개의 태양은 필요 없다.'

안 그래도 정파에 비해 세력이 약한 사파였다.

두 개로 분열되어 있어서는 죽도 밥도 되지 않았다.

냉무기는 그런 생각을 하며 천천히 열려 있는 대문 안으로 걸어갔다.

하지만 아무도 그를 제지하지 않았다.

바로 옆에서 멀뚱멀뚱 눈만 굴리고 있었다.

그들의 눈에는 바로 곁을 스치는 냉무기가 전혀 보이지 않았던 것이다.

뚜벅뚜벅—

그렇게 냉무기는 정문으로 당당하게 걸어 올라갔다.

적풍단의 구조라든가 건물의 위치 등은 하나도 몰랐지만 그의 발걸음에는 전혀 막힘이 없었다.

'이곳에서, 가장 강한 사람…….'

멀리서부터 냉무기의 감각을 자극하는 농도 짙은 기운이 느껴졌다.

안구가 따끔거릴 정도의 막대한 기운.

그리고 그것을 자연스럽게 내부에 갈무리한 사람.

이곳에서 이 정도의 고수는 그 하나뿐이었다.

'사막왕 야율무제.'

냉무기는 그를 향해 다가가다가 조금씩 고개를 갸웃거렸다. 가까이 다가가면 다가갈수록 무언가 조금씩 이상해졌던 것이다.

'이건…….'

멀리 있을 때는 몰랐는데 가까이 가니까 확연해졌다.

천천히 걷고 있던 냉무기의 얼굴이 딱딱하게 굳어 갔다.

'나 말고 선약이 있었던가?'

사막왕 곁에 또 다른 화경의 고수가 있었다.

그리고 시간이 지날수록 그가 내뿜는 기운이 격렬하게 느껴졌다.

'놀랍군.'

반대로 그와 맞서고 있는 사막왕의 기운은 점차 줄어들고 있었다. 내력이 불안정하게 흔들리면서 놀라울 정도로 빠르게 사라지고 있는 것이다.

'뭐지?'

평소에 그렇게 크게 느껴 본 적 없던 호기심이라는 감정이 냉무기의 마음속에서 고개를 쳐들었다.

세상에 누가 있어서 감히 야율무제와 손을 나눌 수 있단 말인가?

게다가 오히려 상대방을 압박하다니?

이해할 수 없는 현상과 마주하자 냉무기의 이동 속도가 다시 빨라졌다.

순식간에 대전을 건너뛰고, 몇 개의 건물을 넘어서 도착한 곳은 거대한 지하 연무장이었다.

그리고 냉무기는 얼굴을 찡그렸다.

'이건……'

아무도 들어오지 못하게 단단하게 막혀 있는 지하 연무장.

어지간한 공격이나 힘으로는 이 문을 열 수 없을 것만 같았다.

'서둘러야 한다.'

사막왕이라 추정되는 인물의 기운이 급격하게 약해지고 있었다.

냉무기는 기운을 집중해서 철문에 손을 가져갔다.

'펑' 하는 폭음 소리와 함께 거대한 철문이 움푹 꺼지며 한 사람이 겨우 들어갈 만한 공간이 생겼다. 그리고 그 안으로 망설임 없이 들어선 냉무기는 찡그린 얼굴을 해 보였다.

모든 의문이 풀렸던 것이다.

'독이다.'

무슨 종류인지 정확히는 모르겠지만 사막왕 정도 되는 절대 고수조차 중독시킬 수 있는 독.

그것을 단번에 읽어 낸 냉무기는 그답지 않게 노골적으로 불쾌한 얼굴을 한 채 연무장 중심으로 천천히 걸어갔다.

"이거 초대하지 않은 손님이 왔군그래. 원로원주, 설마 자네가 불렀나?"

낭패한 몰골로 피를 흘리고 있는 중년인.

그가 바로 절대십객의 한 명이자 사막의 지배자 야율무제였다.

그리고 그의 앞에 서 있는 노인, 원로원주 극소막은 당황스러운 얼굴을 해 보였다.

"네놈은 누구냐?"

"……."

냉무기는 극소막을 힐긋 보았다가 다시 고개를 돌려 사막왕을 응시했다.

"사막왕 야율무제. 나이 예순아홉. 의뢰 건수 서른네 건."

"……네놈…… 살수였더냐?"

사막왕이 입으로 피를 토해 내며 묻자 냉무기는 고개를 끄덕였다.

그리고 담담히 물었다.

"산공독인가?"

"……크크, 그런 셈이지. 한데 꼴을 보니 네놈이 사파제일인인가 보군?"

사막왕의 물음에 냉무기는 선선히 고개를 끄덕였다.

극소막의 얼굴이 딱딱하게 굳어 갔다.

'왜 하필 지금 이때에 찾아온 거냐!'

재수도 참 없었다.

극소막이 서서히 눈치를 살피며 냉무기와 거리를 벌릴 때, 냉무기는 야율무제를 응시하며 여러 가지 의문점들을 스스로 해결하고 있었다.

'보통 야율무제 정도의 절대 고수에게는 독이 통하지 않는다.'

하지만 이번 것은 그 종류와 규모가 달랐다.

'오랜 기간 동안 조금씩조금씩 독을 먹여 왔던 건가⋯⋯.'

몇 년, 혹은 몇십 년이라는 긴 시간 동안 아주 극소량의 독을 꾸준히 먹인 것이 분명했다.

너무 양이 많았다면 사막왕이 바로 알아챘을 것이고, 너무 적었다면 외부로 배출되어 없어졌을 것이다.

'정확한 방법으로 확실하게 중독시켰다.'

냉무기는 단번에 상황 파악을 끝냈다.

그리고 그 중독 상태를 보며 독을 사용한 자의 집념에 고개를 끄덕였다.

저 정도의 집념이라면 꼼짝 없이 당할 수밖에 없었을 테니까.

'가장 비참한 죽음을 맞이하게 되었군.'

사막왕 야율무제.

그는 오늘 죽는다.

그것도 가장 가까이에 있던 수하에게 배신을 당해 죽는 것이다.

하지만 실제로 역사를 돌이켜 보면 많은 절대자들이 가장 가까운 이의 배신으로 목숨을 달리했으니 별로 억울할 것까지는 없는 일이기도 하다.

"마지막으로 할 말은?"

사막왕 야율무제는 자신의 앞에서 눈치를 살피는 극소막을 바라보며 씁쓸하게 웃었다.

"……항상 중원에 나가기를 꺼리던 저 영감이 굳이 따라 나온다고 했을 때 수상한 것을 알아차렸어야 했다. 너무 늦게 이상함을 깨달았지. 설마 집안 단속도 하지 못했을 줄이야…… 그런 주제에 천하를 논했다니 면목이 없군. 참으로 부끄러울 뿐이다."

냉무기는 피를 흘리면서도 툴툴 웃는 사막왕을 바라보며 고개를 끄덕였다.

"복수를 원하나?"

탁한 회색으로 풀려 가던 사막왕의 눈가에 한줄기 빛이 떠올랐다.

그는 극소막을 힐긋 바라보며 미소 지었다.

"크크크…… 확실히 길동무가 있으면 좋긴 하겠지."

"대가는?"

사막왕 야율무제.

그는 극소막을 노려보다 벌겋게 웃으며 말했다.

"네놈에게 내 목을 주지. 어차피 그게 네가 원하는 것이 겠지?"

냉무기는 고개를 끄덕였다.

사막왕을 이렇게 쉽게 처리할 거라곤 생각하지 못했지만

어찌 되었건 이건 나쁘지 않은 거래였다.

그는 극소막을 무덤덤하게 바라보며 말했다.

"의뢰는 접수했다."

"잠깐! 자네가 정말로 냉무기라면 우리가 이렇게 싸울 필요가 없다. 협상을 하자. 나는 줄 수 있는 게 많다. 아니면 의뢰를 하겠다!"

극소막이 다급하게 말했지만 냉무기는 그 말을 들어줄 마음이 전혀 없었다.

"나는 쌍방 의뢰는 받지 않는다."

검이 뽑혀져 나오고 극소막은 얼굴을 일그러뜨리다가 빠르게 냉무기를 향해 달려들었다.

콰아아아—!

순식간에 내력을 모아 기습을 한 것이다.

하지만 이미 그것조차 냉무기는 예상하고 있었다.

그는 극소막의 일격을 검면으로 쳐 옆으로 비틀어 내고는 가까이 접근해서 그의 목에 검을 꽂았다.

"껙! 끄륵!"

피 끓는 소리가 나며 극소막이 자신의 목줄을 움켜쥐고 엎어졌다.

그는 고통에 몸부림치면서 서서히 죽어 갔다.

실로 깔끔하고도 군더더기가 없는 일격.

하지만 바닥에 주저앉아서 그 모습을 지켜보고 있던 사막왕은 피식 웃었다.

"아직…… 부족해. 다듬어지지 못했다."

내력이 역류해서 손가락 하나 까딱할 힘이 없었지만 야율무제는 두 눈에 힘을 주고 냉무기를 바라보았다.

그의 눈에는 보이는 것이다.

사파제일인 냉무기의 미세한 부족함이.

냉무기는 검에 묻은 피를 공중에 흩뿌린 다음 야율무제에게 다가왔다.

"의뢰는 이루어졌다. 사막왕."

"……알고나 있느냐? 네놈은 운이 정말 좋은 놈이다. 이렇게 쉽게 원하던 것을 얻으니 얼마나 좋으냐? 하늘에 감사해라."

야율무제의 투덜거림에 냉무기는 선선히 고개를 끄덕였다.

"부정하지는 않겠다."

내심 자신은 있었지만 실제로 마주하니 야율무제가 얼마나 대단한 거인이었는지 냉무기는 확실하게 알 수 있었다.

비록 산공독에 중독되어 죽어 가고 있었지만 그가 가진 그릇의 크기까지 숨길 수는 없었던 것이다.

'정상적인 상태였다면 죽는 것은 내 쪽이었다.'

냉무기는 가슴 한편이 싸늘해졌다.

너무 무모한 생각을 가지고 사막왕을 찾아왔던 것이다.

'하지만 결국 나는 원하는 것을 얻었다.'

냉무기는 옆에서 더운 김을 내며 쓰러져 있는 극소막을 힐긋 바라보았다.

저자 덕분에 본의 아니게 원하던 것을 쉽게 얻게 된 것이다.

"네놈 역시 천하에 욕심을 내는 것이냐?"

사막왕의 질문에 냉무기는 잠시 멈칫했다가 선선히 고개를 끄덕였다.

천하의 질서를 바꾸고, 천하를 완벽하게 원하는 형태로 만들고 싶었다. 그리고 그러기 위해서는 가장 먼저 사파의 통일이 우선이었다.

"……다행이다. 네놈이 변변찮은 놈이었다면 죽어서라도 눈을 못 감을 뻔했거든. 그래도 제법 쓸모가 있어 보여 다행이다."

야율무제는 가물가물한 눈을 감으며 벽에 등을 기댄 채 냉무기에게 말했다. 냉무기는 아까부터 아무 말도 하지 않고 야율무제를 바라보고만 있었다.

"이제 죽여라. 쉬고 싶으니까."

야율무제가 말하자 냉무기는 검을 들어 올리며 말했다.

"고통은 없을 것이다. 사막왕."

피웃—

냉무기는 검을 휘두른 후 곧장 몸을 돌렸다.

그의 검은 조금 전 극소막을 찔렀을 때와는 전혀 다르게 단 한 방울의 피도 묻어 나오지 않았다.

'이게 내가 해 줄 수 있는 최고의 예우다.'

사막왕 야율무제.

천하를 제패하고자 했던 거인의 허망한 죽음을 냉무기는 자신만의 방식으로 애도한 것이다.

바깥으로 나가기 직전 냉무기는 연무장 벽 한편에 검을 뽑아 무어라 글을 쓰고 나갔다.

카카칵—!

단 하나의 글자.

냉(冷)

이것은 냉무기가 직접 다녀갔음을 알리는 표식이었다.

그리고 그 표식은 천하의 질서를 완벽하게 바꿔 놓게 되는 시발점이 되었다.

第三章
죽음

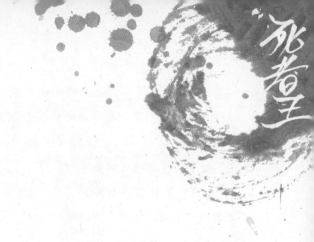

　야율주혁.

　사막왕 야율무제의 아들이자 다음 세대 사막을 이끌고
갈 사내.

　평소에 감정 표현을 거의 하지 않던 그는 지금 고통스러
운 표정을 숨기지 않은 채 문 앞에 서 있었다.

　자신 앞에 누워 있는 사람을 응시하던 야율주혁의 입에
서 결국 신음 같은 음성이 흘러 나왔다.

　"아버지……."

　사막의 절대자 야율무제.

　늘 당당하고 야심만만했던 그가 죽은 것이다.

야율주혁이 일그러진 얼굴로 바닥에 주저앉아 있을 때, 그 옆으로 야율주혁의 심복인 구야명이 조심스러운 표정으로 다가왔다.

그리고 한참을 곁에서 머뭇거렸다.

'역시 말씀을 해 드려야겠지?'

지하 연무장에서 벌어진 사태에 대해서는 이미 다 파악을 해 놓은 참이었다.

벽에 새겨져 있는 '냉(冷)'이라는 한자.

그것은 사파제일인 냉무기가 의뢰 현장에 남겨 두는 본인만의 흔적이었다.

'하지만……'

흔적들은 그것 말고도 많은 것을 말해 주고 있었다.

단순히 사막왕이 냉무기에게 살해당한 게 전부가 아니었던 것이다.

문제는 이곳에서 벌어진 '사실' 그대로를 전달하기가 망설여진다는 것뿐.

그만큼 야율주혁의 상태는 불안정해 보였다.

"……나는 괜찮으니 사실대로 말해라."

"……"

구야명의 염려를 이해했음일까?

그때까지 괴로워하던 야율주혁의 입에서 차분한 음성이

흘러나오자 결국 구야명은 입을 열었다.

"흔적들을 살펴본 결과…… 원로원주 극소막이 왕에게 암습을 가한 것 같습니다."

"……."

암습이라는 단어에 야율주혁의 눈에서 서늘한 빛이 흘러나왔다. 그는 구야명을 똑바로 응시하며 낮은 음성으로 말했다.

"아버지는 원로원주 따위가 암습을 한다 해서 눈 하나 깜짝하실 분이 아니다. 극소막 역시 그 사실을 모르진 않았을 터. 대체 무슨 수작을 부린 거지?"

이건 정확한 지적이었다.

구야명 역시 그 부분이 이해가 되지 않았기에 따로 의원을 불러 야율무제의 상태를 정확하게 진단해 보기까지 했다.

"왕의 몸에서 산공독의 흔적이 발견되었습니다. 정황상 원로원주의 소행으로 보입니다."

"……산공독?"

야율주혁의 표정이 험악해졌다.

사막왕이 고작 산공독에 당했다?

쉽게 믿을 수 없는 소리였다.

막 그 부분에 대해 더 물어보려는데 구야명이 미리 눈치채고 재빠르게 대답했다.

"의원 말로는 아주 오랜 기간 동안 시간을 두고 천천히 중독을 시켰던 것 같다고 했습니다."

"만성중독인가……."

만성중독.

오랜 기간 차근차근히 독을 복용시켜 그 독에 대한 내성을 무너뜨리는 중독 방법이다.

이것은 엄청나게 많은 시간과 노력이 필요하지만 절대로 피할 수 없는 방법이기도 했다.

"지독하군."

이렇게까지 해서 대체 무엇을 얻고자 했음일까?

정답은 금방 나왔다.

'왕이 되고 싶었던 건가…….'

야율주혁의 얼굴에 씁쓸함이 떠오를 때 구야명이 조심스럽게 입을 열었다.

"냉무기는 운이 좋았습니다. 왕께서 정상이었다면 놈은 살아 돌아가지 못했을 것이 분명합니다."

"……그렇겠지. 단지 아버지는 운이 나빴던 것뿐이다."

야율주혁은 씁쓸하게 웃었다.

아버지가 정상적인 몸 상태였다면 오히려 냉무기가 이곳에서 죽었을 것이다.

언젠가 찾아올 줄은 알았지만 그것이 하필 지금일 줄이야…….

생각할수록 허탈했다.

"냉무기에 대한 처리는 어떻게 해야 할까요, 주군?"

사실 구야명에게 있어서 가장 중요한 질문은 이거였다.

왕이 죽었고, 직접적인 흉수가 누구인지 역시 알아냈다. 중간 과정이야 어찌 되었건 냉무기가 최종적으로 왕을 살해한 것은 분명했으니까.

'하지만…….'

지금이야말로 더욱 냉정하게 판단을 해야 할 때였다.

감정적으로 판단해서 냉무기에게 복수를 하기 위해 무작정 움직인다면 엄청난 손실을 감당해야 한다.

"……나는 바보가 아니다."

"……."

"현재 우리에게는 냉무기를 상대할 만한 고수가 없지. 단순히 머릿수로 그를 감당하기에는 감수해야 할 희생이 너무 크다."

야율주혁의 무거운 음성을 들은 구야명은 마음이 시큰거렸다.

늘 스스로의 감정을 잘 절제해 왔던 주군이었다.

한데 지금 이 순간 그의 음성과 행동에서 숨길 수 없는 괴로움이 전해졌던 것이다.

'주군…….'

사막왕이라는 신과 같은 남자의 아들로 태어나 엄청난 기대를 받으며 자랐던 야율주혁이다.

어릴 때부터 아버지라는 거대한 이름에 짓눌려 살던 야율주혁은 지금 막 자유를 얻었지만, 그것은 너무도 괴로운 자유였다.

"……아버지에 대한 복수를 하고 싶지만…… 지금의 나는 너무 무능하군."

무능했다.

단순히 부하들을 잘 다루고 정치를 잘하는 것은 이곳 강호에서 큰 의미가 없었다.

순수한 힘.

그것이 모자라면 아무것도 할 수가 없었던 것이다.

잠시 괴로움에 자책하던 야율주혁은 천천히 자리에서 일어나며 입을 열었다.

"소문이 퍼져 나가기 전에 한시라도 빨리 이곳을 떠날 준비를 해라."

"주군……?"

구야명은 고개를 숙인 채 놀란 얼굴을 해 보였다.

만약 지금 이 상황에서 사막으로 돌아간다면 야율주혁은

매우 위태로운 처지에 처할 수 있었다. 왕이 죽었는데 복수하기는커녕, 꼬리를 말고 도망쳐 왔기 때문이다.

"적어도 한 번 정도는…… 병력을 움직여야 합니다. 그놈을 죽이지는 못하더라도 최소한 주군의 의지를 보여 주어야만 합니다."

사막 부족의 율법은 냉혹하다.

그들은 지독히도 척박한 환경에서 살아남기 위해 자신들만의 율법을 만들었고, 그 율법에서 패배자에게 동정 따위는 허용되지 않았다.

'오로지 죽음. 패배자에게는 죽음뿐이다.'

내부의 권력 다툼이 아닌 외부인에 대한 패배는 오로지 죽음밖에 허용되지 않았다.

누구보다도 그 사실을 잘 알고 있을 야율주혁이건만 그는 초탈한 표정으로 고개를 저었다.

"나 한 명의 욕심을 채우자고 죄 없는 녀석들을 죽일 수는 없는 노릇이겠지. 책임은 내가 진다. 돌아가자."

야율주혁의 말에 구야명은 바닥에 엎드리며 다시 한 번 간곡하게 말했다.

"부디 저에게…… 저에게 기회를 주십시오, 주군. 이대로 돌아가면 원로원이 소집될 테고, 그럼 주군은 반드시 죽게 될 것입니다. 저는…… 그 모습은 절대로 볼 수 없습니다. 제가 직접 수하들을 이끌고 냉무기를 치겠습니다. 허락해 주십시오, 주군."

구야명의 간절한 음성을 가만히 듣고 있던 야율주혁은 천천히 그에게 걸어갔다. 그리고 엎드려 있는 구야명의 등을 가볍게 툭툭 치며 말했다.

"……그동안 고생 많았다, 구야명. 하지만 그렇게까지 애쓰지 않아도 된다. 냉무기를 만나면 너는 확실히 죽게 될 거다."

"그래도 주군을 살릴 수 있으면 그것으로 족합니다."

야율주혁은 구야명의 비장한 음성에 고개를 절레절레 저었다.

"너에게는 아무런 잘못이 없다. 오히려 너는 맡은 바를 훌륭히 수행했지. 그러니 나는 네가 죽으러 가는 것을 허락할 수 없다."

"주군!"

구야명이 고개를 들어 올리며 다시 한 번 부탁하려 할 때, 야율주혁이 웃으며 말했다.

평소에 구야명이 절대 볼 수 없었던 환한 미소가 구야명을 절망으로 몰아넣었다.

"지금까지 여러 가지로 고마웠다. 이만큼 했으면 너는 할 도리를 다했다. 아버지도 돌아가셨는데 내 무능으로 너까지 죽게 된다면 나는 부끄러워서라도 살 수가 없을 거다."

"……."

구야명은 대답하지 않고 필사적으로 생각했다.

'저는 포기하지 않습니다.'

그는 책사(策士)였다.

두뇌 하나로 강호를 헤쳐 나온 그는 지금과 같은 최악의 상황에서도 돌파구를 만들어 내야만 했다.

'반드시…….'

그의 주군은 고작 이런 곳에서 이렇게 허망하게 죽어선 안 되는 사람이었다.

그때 누군가가 그들이 있는 연무장 안으로 들어왔다.

"우연히 두 분의 대화를 엿들었습니다……."

구야명은 갑자기 등장한 사람을 보며 눈을 빛냈다.

서문주혜.

그녀가 등장한 것이다.

그녀의 음성은 가늘게 떨리고 있었다.

하나 그녀의 등장에 구야명은 눈을 반짝거렸다.

'어쩌면…….'

그녀가 도와준다면 해결책이 있을지도 모른다.

구야명이 그렇게 필사적으로 머리를 굴리고 있을 동안

야율주혁은 한숨을 내쉬다가 곧 서문주혜를 바라보며 쓸쓸하게 웃었다.

"당신에게는 미안하게 되었소."

평생 함께하기로 맹세했다.

그런데 그것을 지킬 수 없게 되었다.

야율주혁의 얼굴에 미안함이 떠오르자 서문주혜는 한 걸음 다가가 야율주혁의 볼을 쓰다듬으며 말했다.

"저를 위해서 살아 주시면 안 되는 건가요?"

"그러고 싶지만…… 방도가 없소."

"왜요? 저와 함께 도망가면 되잖아요? 아무도 알아보지 못하는 곳으로 가서 단둘이 살아요."

"그건……."

서문주혜의 눈동자에는 슬픔이 떠올라 있었고, 야율주혁은 차마 그 눈을 똑바로 마주 보지 못했다.

그는 이미 알고 있었던 것이다.

도망자의 끝은 비참하다는 사실을.

목적도 없고, 의미도 없는 삶이 계속되다가 결국 죽고 마는 것이 바로 도망자의 삶이다. 서문주혜에게까지 그런 고통스러운 삶을 주고 싶진 않았다.

그런데 구야명이 서문주혜에게 넙죽 엎드려 절하며 말했다.

"부디 우리 주군과 함께 떠나 주십시오."

"구야명…… 너도 알지 않느냐? 목적도 없는 도망자 신세는 결국 죽는 것과 똑같을 뿐이다."

"목적이 왜 없으십니까? 주군께서는 왕의 복수를 위해 잠깐 시간을 버시는 것뿐입니다."

"……."

구야명이 말하는 목적을 듣는 순간 야율주혁은 할 말을 잃었다.

그저 혼란스러울 뿐이었다.

그 모습을 지켜보던 구야명이 몸을 일으키며 말했다.

"그럼 저는 주군을 쫓는 적들에게 혼란을 줘서 시간을 끌어 보겠습니다."

"……."

구야명은 자리에서 일어나 흐릿하게 웃었다.

"와신상담이라는 말을 기억하십시오, 주군. 앞으로 냉무기를 상대함에 있어서는 제가 곁에서 도와 드리지 못합니다."

구야명은 딱딱하게 굳어 있는 야율주혁을 뒤로하고 연무장을 빠져나가며 말했다.

"오늘 새벽을 틈타 도망치시면 될 겁니다. 전 사막으로 돌아가 시간을 벌겠습니다."

야율주혁이 일그러진 얼굴로 보고 있을 때, 구야명은 돌아서면서도 그의 얼굴을 끝까지 바라보지 않고 고개를 숙여 읍을 해 보이며 말했다.

"그럼 부디 보중하시기를……."

그는 바깥으로 나가며 확신했다.

그의 말에는 조금도 흔들림이 없던 야율주혁이었지만 서문주혜에게는 달랐다.

그녀의 한마디에는 눈에 띌 정도로 동요를 보였던 것이다.

'주군께서는 결국 죽음보다는 삶을 택하실 겁니다.'

그러고 보면 여인의 힘이란 참으로 위대했다.

죽음을 각오했던 무인의 의지조차 뒤흔들 정도니까.

남은 병력들을 정리해서 사막으로 되돌아가기 위해 움직이던 구야명의 입가에 차츰 가느다란 미소가 떠올랐다.

*　　　*　　　*

시우는 마부석에 앉아서 빈 허공에 손을 휘적휘적거리다 실실 쪼갰다.

'신기한데?'

화경이라는 경지는 모든 무인들이 알고 있지만, 실제로

그것을 경험하는 사람은 극소수에 불과했다. 그리고 그 극소수의 사람들이 초인이라 불리며 동경의 대상이 되는 것이다.

'그러니까 이걸 자유롭게 다루면⋯⋯.'

사방에서 반짝거리는 황금빛 기운.

마구잡이로 떠다니는 기운을 가만히 지켜보던 시우는 갑자기 내력을 뿜어냈다. 그러자 그의 손끝에서 길쭉한 강기가 뿜어져 나오며 주변에 강대한 기의 폭풍이 몰아쳤다.

히히힝—!

달리던 말들이 놀라서 멈춰 섰고, 시우 역시 화들짝 놀라며 다급하게 기운을 거뒀다.

"⋯⋯아주 잘하는 짓이다."

마차 안에서 공손천기의 핀잔이 들리고 시우는 당황한 말투로 다급하게 말했다.

"죄송합니다, 주군."

"기운을 다루는 법이 신기한 건 이해하겠는데 때와 장소를 가려."

"예."

시우가 다시금 마부에게 부탁해 마차를 몰아갈 때 옆에서 말을 타고 이동하던 초위명이 비웃으며 말했다.

"이제 겨우 걸음마를 하는 단계였냐? 어쩐지, 외부로 뿜어내는 기운을 정제하지도 못해서 이상하다 했다.”

“…….”

시우는 말없이 마부석에 앉아서 눈을 감았다.

그러자 그의 몸에서 뿜어져 나오던 기운이 씻은 듯이 사라졌다.

화경의 고수들은 본인 스스로의 기척을 완벽하게 숨기는 것도 가능했던 것이다.

그 모습을 지켜보고 있던 초위명이 눈썹을 꿈틀거리며 말했다.

“어쭈? 이게 근데 어른이 말하는데 개무시를 해? 그러고도 무사할 거라 여겼냐?”

초위명이 불쾌한 얼굴로 소매를 뒤적거리기 시작하자 시우가 눈을 뜨며 말했다.

“대체 이러는 목적이 뭡니까?”

“목적?”

“예. 아까부터 계속 저에게 시비를 거시는 목적이요.”

일행에 합류한 이후로 초위명은 끝없이 시우에게 시비를 걸었다.

처음에는 자신밖에 아는 얼굴이 없어서 저러는가 보다, 하고 일일이 대응해 줬지만 이제는 시우도 짜증이 나던 참이었다.

'확 그냥 달려들어 봐?'

저자가 평범한 술법사가 아닌 것은 알고 있었다.

하지만 고작해야 술법사일 뿐이다. 화경의 고수가 갑작스럽게 달려드는 기습에도 버틸 수 있을 리가 없다.

'물론 단숨에 죽여야겠지만……'

한순간만 망설여도 도리어 당하고 말 것이다.

그렇게 시우가 조심스럽게 초위명과의 거리를 재고 있을 때, 초위명의 품 안에 있던 고양이가 고개를 내밀며 말했다.

[아이야, 네가 그 독을 쓰는 꼬마를 죽이지 않았느냐?]

독을 쓰는 꼬마?

순간 시우는 누구를 말하는지 이해하지 못했다.

그러다가 문득 떠오르는 사람이 있어서 고개를 들어 올렸다.

"설마 당지광, 그 영감님 때문에 이러시는 겁니까?"

"……"

시우의 물음에 이번에는 초위명이 입을 다물었다.

그러자 그의 품 안에 있던 고양이가 슬쩍 웃으며 말했다.

[이 아이에게 하나밖에 없는 친구였거든. 그래서 이러는 거니까 마음 넓은 네가 이해하려무나.]

"아항……"

시우가 납득한 표정을 짓자 초위명은 품 안의 고양이를 슬쩍 내려다보며 불쾌한 어투로 말했다.

"쓸데없는 소리 좀 하지 마."

[부끄러워할 필요는 없다, 아이야. 친구가 그 녀석 하나 뿐이지 않았느냐?]

"시끄러."

초위명이 고양이를 품에 밀어 넣고 말을 몰아 뒤로 가자 시우가 고개를 돌리며 말했다.

"그런데 오해하고 계십니다. 저는 당지광 영감님을 죽이지 않았습니다."

초위명의 눈이 가늘어졌다.

그가 시우를 노려보며 무언가 말하려 할 때, 갑자기 초위명의 가슴팍에서 고양이가 다시금 고개를 쏙 내밀며 말했다.

[그러면 이상하구나. 네가 그 꼬마를 죽이지 않았는데 왜 녀석이 네 주변에서 저렇게 얼쩡거리는 거냐?]

"예?"

이게 무슨 말일까?

시우가 고개를 갸웃거리고 있는데 마차 안에서 대답이 흘러나왔다.

"너에게 들러붙은 부유령을 말하는 거다, 저 고양이는."

"……예? 부유령이요?"

그게 뭐지?

시우가 찜찜한 얼굴을 하자 공손천기가 재미있다는 음성으로 말해 주었다.

"그래. 네가 각성할 때부터 너에게 들러붙어 있던 영감 귀신이 하나 있었지."

"……!"

시우는 공손천기의 말에 모든 행동을 멈췄다.

그리고 겁먹은 얼굴로 마차에 등을 바짝 밀착시키며 빠르게 주변을 둘러보았다.

그때 공손천기가 마차 안에서 무언가 짧은 주문을 외우자 시우의 눈이 화끈거리기 시작했다.

한참 눈을 비비던 시우는 다시 눈을 뜨고 자신도 모르게 크게 비명을 질렀다.

*   *   *

냉무기는 특유의 무표정한 얼굴로 거대한 건물을 향해 걸어갔다.

문지기들은 멀리서 다가오는 그를 알아보자마자 칼 같은 기세로 예를 올렸고, 냉무기는 그들을 뒤로한 채 건물 안으로 들어섰다.

"회주님께서 오셨습니다!"

"모두 예의를 갖춰라!"

내부에 작은 소란이 일어나고 남녀노소 가릴 것 없이 모두가 바닥에 엎드려 냉무기를 향해 절했다.

냉무기는 그런 사람들 사이를 걸어가 가장 화려하고 웅장한 의자에 걸터앉았다. 그가 자리에 앉자 엎드려 있던 자들 중 하나가 조심스럽게 입을 열었다.

"회주님, 계획하셨던 일은 어찌 되셨는지 알 수 있겠습니까?"

현재 흑월회의 총관을 맡고 있는 진백문의 물음에 냉무기는 특유의 무덤덤한 음성으로 답했다.

"사막왕은 죽었다."

"······!"

바닥에 엎드려 있는 자들의 얼굴에 경악이 떠올랐다.

사막왕을 만나러 간다면서 나간 후 멀쩡하게 살아 돌아왔기에 설마설마했다. 하지만 아무도 냉무기가 사막왕을 죽였을 거라고는 확신하지 못했다.

그만큼 실현 가능성이 낮은 이야기였기 때문이다.

"조만간 적풍단은 물러갈 것이다."

"오오!"

모두의 눈에서 경악의 감정이 사라지고 감탄과 경외심이 떠올랐다.

총관 진백문 역시 마찬가지였다.

'정말 회주님이 그를 죽였다면 그야말로 천하를 논할 만하지 않은가?'

진백문은 기뻤다.

스스로가 모시는 사람이 얼마나 뛰어난 능력을 가졌는지 확인한 덕분에 주체할 수 없을 만큼 기분이 좋았던 것이다.

"그럼 다음 계획을 실행해도 되겠습니까, 회주님?"

"물론이다."

냉무기의 대답에 진백문은 고개를 끄덕였다.

이제부터 천하는 변하게 될 것이다.

바야흐로 새로운 질서가 생길 때였다.

'사파 연합을 만들어야 한다.'

정파에는 정도맹이라는 엄청난 간판이 있었다.

하지만 사파에는 그동안 그럴 만한 간판이 한 번도 나온 적 없었다.

아니, 있기는 있었다. 문제는 나오기가 무섭게 자기들끼리 싸워서 십 년이 멀다 하고 없어지곤 했다는 점이지만.

'하지만 이번에는 다르다.'

연합이긴 연합이되, 완벽하게 흑월회의 이름에 복종할

거대 세력을 만들어야 했다. 수평적인 대등한 관계가 아니라 수직적인 상하 관계의 연합.

냉무기는 여기까지 계획해 놓고 있었고, 그 계획을 구체적으로 짜고 준비한 것은 진백문이다.

"그럼 천하에 흑월회의 개파대전을 알리도록 하겠습니다, 회주님."

결의에 가득 찬 진백문의 음성에 냉무기는 고개를 끄덕이며 말했다.

"서둘러라."

"예."

진백문이 서둘러 사라지고 나서 냉무기는 남아 있는 자들을 바라보며 말했다.

"이제부터 바빠질 것이다. 너희들 역시 맡은 바에 전력을 다해야 할 때다."

"존명!"

바닥에 엎드려 있는 수하들의 얼굴에 감격이 떠올랐다.

여태까지의 흑월회는 단순한 살수 집단에 지나지 않았다. 언제나 음지에 숨어서 조심스럽게 살인 의뢰를 받고 있었던 것이다.

하지만 냉무기가 주인이 된 이후로 흑월회는 변했다.

살수인 그들이 당당하게 스스로의 위치를 외부에 공개하

고 외부의 손님들을 받을 수 있었다. 그런데 이제는 거기에서 한 단계 더 나아가서 천하에 있는 모든 사파들의 주인이 되려 하고 있었다.

"나는 잠깐 어르신을 뵙고 오겠다."

"알겠습니다."

냉무기는 수하들을 뒤로한 채 의자에서 일어나 어딘가로 걸어갔다.

흑월회의 가장 비밀스러운 장소.

그곳에는 잘 꾸며진 후원이 있었고, 한쪽에서 백발의 주름투성이 노인이 명상에 잠겨 있었다.

"스승님. 다녀왔습니다."

"……"

백발의 노인은 짓무른 눈을 떠 냉무기를 바라보다 피식 웃었다.

"언제까지 나를 스승님이라 부를 참이냐, 애송아."

"……"

"내 무공 초식을 단 하나도 배우지 않은 주제에 뻔뻔하기도 하다."

백발의 노인.

그는 바로 냉무기 이전까지 흑월회를 이끌고 있었던 흑월회의 회주였다.

냉무기 이전까지 천하 모든 살수들의 왕이라 불렸던 남자, 단백경.

"건강해 보이셔서 다행입니다, 스승님."

"뻔뻔한 놈."

"계획대로 사막왕은 제 손에 죽었습니다. 이제 천하는 제가 바라는 대로 움직이게 될 것입니다. 거기에는 그 어떤 방해물도 없습니다."

단백경은 얼굴을 찡그렸다.

냉무기.

이 바늘로 찔러도 피 한 방울 흘릴 것 같지 않은 놈은 여전히 자기 할 말만 해 대고 있었다.

"이제 그만 사실대로 말해 줘도 되지 않겠느냐, 애송아."

"……."

"너는 처음부터 천하통일을 하려고 내 밑에 들어온 것이겠지?"

냉무기는 한동안 말없이 단백경을 바라보았다.

그러다 곧 미미하게 고개를 끄덕였다.

그 모습에 단백경은 몇 개 없는 이빨이 다 보이도록 헤벌쭉 웃어 보였다.

"클클클, 네놈은 그때 고작 일곱 살 꼬맹이였다. 그런 애송이가 이런 허황된 계획을 가지고 내 밑에 들어왔을 줄이야…… 내가 호랑이 새끼를 키웠군."

믿고 싶지 않았다.

고작 일곱 살 꼬맹이가 계획했던 대로 천하에 새로운 질서가 생기고 있다는 사실을.

"크크. 이거야 원, 인정할 수밖에 없군. 나는 인생 헛살았다는 사실을."

"……"

냉무기는 흑월회에 들어와서 처음부터 두각을 보였다.

독보적인 살인 방법과 강력한 무공, 그리고 특유의 분위기로 불과 열아홉 살에 단백경이 가진 모든 것을 빼앗았던 것이다.

"이제 편안한 여생을 보내시면 됩니다. 제가 모시겠습니다, 스승님."

"나를 그렇게 부르지 마라, 우라질 놈아. 속 뒤집히니까. 몇 번을 말하지만 나는 네놈 같은 제자를 둔 적이 없다."

사파제일인 냉무기.

저놈은 그저 자신이 힘들게 만들어 놓은 기반을 얻고자 했을 따름이다.

그리고 손에 쥔 그것을 철저하게 이용하고 있다.

살수들의 왕이라는 명성을 그대로 이었고, 단백경이 만

들어 놓았던 흑월회를 몇십 배나 되는 크기로 키웠다. 하지만 단백경은 그가 마음에 들지 않았다.

말로는 스승님이라 부르지만 저 눈을 보면 확실하게 알 수 있었다.

'얼음장 같은 놈.'

저놈에게는 사람 사이에 흐르는 인간적인 정이라는 게 전혀 없었다.

그야말로 무정한 놈인 것이다.

하지만 실제로 어떻든 다른 사람들은 단백경을 극진하게 모시는 모습에 냉무기를 칭송하고 있었다. 사파에서 보기 드문 따뜻한 인정을 지녔다 여기는 것이다.

'이것도 다 네 계획이겠지.'

무서울 정도로 치밀한 놈이었다.

이놈이 정말로 천하의 주인이 된다면 세상은 어떻게 바뀔까?

'분명 지금보다 더한 지옥이 될 거다.'

단백경은 그 사실을 알면서도 아무것도 할 수가 없었다.

하루하루 저놈 밑으로 모여드는 사파의 거두들을 보면서도 막을 수가 없는 것이다.

단백경이 그렇게 냉무기의 행동에 치를 떨고 있을 때, 그때까지 조용하게 앉아 있던 냉무기가 입을 열었다.

"지금처럼 아무것도 하지 않고 조용히 사시면 됩니다. 그럼 여생은 편안하실 겁니다, 스승님."

단백경은 바닥에 침을 탁하고 뱉어내며 음침하게 웃었다.

"크크크, 오냐. 안 그래도 이제부터는 그럴 작정이다. 네 놈이 만드는 생지옥을 내 두 눈으로 보고 싶어졌거든."

"……그럼 쉬십시오. 스승님."

냉무기는 단백경을 혼자 내버려둔 채 후원 바깥으로 걸어 나갔다. 그리고 쓸쓸하게 웃었다.

'스승님은 제가 당신 밑으로 찾아온 이유를 아마 평생 모르실 겁니다.'

단순히 명성이나 기반을 얻고자 했으면 사파에는 더 좋은 곳이 얼마든지 많이 있었다. 녹림십팔채도 있었고 장강 수로채도 있었으며, 그 외에도 수십 개의 거대 문파들이 있었으니까.

하지만 어린 시절의 냉무기가 굳이 찾아간 곳은 고작해야 중소 문파 정도 크기의 흑월회였다.

그곳을 찾은 이유는 간단했다.

'흑월회에는 단백경, 당신이 있었으니까.'

단백경은 평생 모를 것이다.

그가 과거, 하룻밤 불장난으로 만든 사내아이가 있다는

사실을.

그리고 그 아이가 어떤 모습으로 본인 앞에 나타났는지, 평생 모를 것이다.

'당신과 나는 이 정도의 관계가 가장 좋습니다.'

냉무기는 후원을 한 번 돌아보며 그답지 않게 복잡한 감정이 담긴 표정을 해 보였다.

*　　　*　　　*

백무량은 죽은 듯이 자고 있는 일각을 바라보며 고민스러운 얼굴을 해 보였다.

'기운이 전혀 느껴지지 않는다.'

곽운벽과 함께 있을 때 느꼈던 사악한 기운.

지금 기절한 채 자고 있는 일각의 몸에서는 그것이 전혀 느껴지지 않았다.

그렇다는 말은 지금은 일각 본인일 확률이 높다는 말이었다.

'조금 더 지켜봐야겠지만…….'

백무량은 한참을 더 일각을 내려다보고 있다가 곧 몸을 날렸다. 일단은 곽운벽을 만나 지금 상황에 대해 이야기할 필요성을 느낀 것이다.

그가 그렇게 사라지고 나서 일각이 누워 있던 방으로 젊은 시녀 하나가 들어왔다. 그녀는 일각에게 다가가 그의 이마에 흐르는 땀을 닦아 주며 낮게 말했다.

"놈은 갔습니다. 왕이시여."

"……."

그때까지 죽은 듯이 누워 있던 일각이 눈을 뜨고 작게 투덜거렸다.

"참으로 처치 곤란한 녀석이다."

일각, 아니 파순은 눈을 뜨고 시녀를 바라보았다.

그러다가 피식 웃었다.

"크크. 너나 나나 꼴이 아주 우습게 되었구나. 어쩌다 이렇게 된 거지?"

"……송구스럽습니다."

젊은 시녀.

정확하게는 시녀의 몸을 빼앗은 타타후였다.

그는 잠시 자신의 두 손을 내려다보다가 말했다.

"이 몸도 이제 더 이상 버티지 못할 겁니다. 새로운 몸이 필요합니다."

"그렇겠지."

타타후 정도 되는 큰 힘을 지닌 악마를 받을 수 있는 그릇은 많이 없었다.

애초에 인간이 감당할 수 없는 크기니까.

실제로 타타후가 시녀의 몸에 강림한 이후 시녀의 수명은 빠른 속도로 줄어들고 있었다. 조만간 수명을 다 토해내고 완전히 붕괴되어 사라질 게 뻔했다.

잠시 고민하던 타타후는 조심스럽게 입을 열었다.

"제가 아까 그 녀석의 몸뚱이를 빼앗으면 되지 않겠습니까, 왕이시여. 그럼 두 가지 고민이 한꺼번에 해결될 거라 여겨집니다."

파순은 잠시 생각하다가 고개를 저었다.

지금 상황에서 위험한 도박은 가급적 피해야만 했다.

파순은 현재 있는 힘과 없는 힘을 다 쥐어짜서 문을 열고 타타후를 이곳에 소환했다. 덕분에 지금은 그 어느 때보다 약해져 있는 상태.

'그렇긴 하지만…….'

타타후의 말처럼 그가 백무량의 몸뚱이를 빼앗는다면 그것보다 좋을 수는 없었다.

생각할수록 욕심이 났다. 백무량의 몸뚱이는 분명 타타후의 힘을 어느 정도 감당할 수 있을 만큼 훌륭했으니까.

아마 그 정도의 육체만 보유할 수 있어도 가증스러운 공손천기나 얄미운 곽운벽 같은 놈은 손가락 하나로 찢어 버릴 수 있을 것이다.

'그렇지만 지금 상태에서 그런 도박은 피해야지.'

파순은 씁쓸하게 웃었다.

만에 하나 타타후가 백무량의 몸뚱이를 차지하는 작업에 실패했을 경우에는 뒷감당이 전혀 되지 않았던 것이다.

최악의 경우 백무량이 상황을 눈치챌 것이고, 지금처럼 힘을 제대로 모으지도 못한 상황이라면 파순은 어이없게 당할 수도 있었다.

"일단 숨어서 천천히 힘을 모아라, 타타후. 너와 네가 힘을 꾸준히 모아서 다른 녀석을 소환할 때까지만 버티면, 우리가 이기는 것이다."

"……알겠습니다, 왕이시여."

그들과 같은 악마가 가장 빨리 힘을 모을 수 있는 방법은 인간들에게 끊임없이 산 제물을 갖다 바치게 만들어서 힘을 회복하는 것이다. 하지만 보는 눈이 많기에 그렇게 노골적으로 하기는 무리였다.

타타후는 지금 이런 상황이 불만족스러웠지만 곧 수긍했다.

어찌 되었건 천 년 가까운 시간 만에 하계에 내려온 것이다. 지금과 같은 유희의 기회는 쉽게 다시 찾아오기 어려웠다.

'하계의 버러지들을 직접 마주할 수 있는 흔치 않은 기

회다.'

원래라면 타타후나 파순과 같은 존재는 직접적으로 하계에 간섭을 할 수 없었다. 그렇지만 이번처럼 하계에 소환된 경우라면 이야기가 달라진다.

봉인되어 힘이 묶여 있는 파순과는 다르게 타타후는 '일각'에 의해서 이곳에 소환되었으니까. 본래의 힘을 어느 정도 온전히 가지고 강림할 수 있었던 것이다.

'물론 그것을 감당할 만한 그릇을 찾는 게 급선무겠지만……'

타타후가 조금만 힘을 써도 인간이라는 그릇은 그 힘을 감당하지 못하고 깨어지고 만다.

지금처럼 별다른 행동을 하지 않아도 그랬다.

아무것도 하지 않았음에도 불구하고 젊은 시녀의 그릇은 벌써 이틀 만에 부서져 버렸다.

"그럼 새로운 몸뚱이를 찾아오겠습니다, 왕이시여. 이번에는 신중하게 고르도록 하겠습니다."

"그래라."

타타후를 급하게 강림시켜야 했기에 지나가는 시녀를 잡아다가 강제로 소환할 수밖에 없었다. 하지만 일단 강림한 이상 그가 알아서 쓸 만한 몸뚱이를 구해 올 것이다.

타타후가 조용히 바깥으로 나가자 파순은 신중하게 지금

의 상황을 돌아보기 시작했다.

'최악은 벗어났다. 하지만······.'

문제는 시간이 없다는 데에 있었다.

하계의 인간들 중에는 쓸데없이 예민한 놈들이 있었고, 그런 할 일 없는 종자들이 움직이면 피곤해질 우려가 있었다.

'특히 저번의 그놈······.'

초위명이라는 놈.

그놈은 좀 특별했다.

묘신을 수족처럼 다루는 것도 모자라서 천리안까지 가지고 있었으니까. 그놈이라면 분명히 타타후가 강림한 사실을 눈치챘을 것이다.

'아무래도 조용히 넘어가긴 어렵겠지.'

그런 놈들이 뭔가 수작을 부리기 전에 이쪽에서도 조치를 취해 놓을 필요가 있었다.

한 가지 다행인 사실은 일각이라는 몸뚱이가 가진 인간세상의 직위가 제법 높다는 점이었다.

'정도맹주라······.'

일각의 기억은 이미 파순이 다 읽어 낼 수 있었다.

다만 무공이라는 것은 파순으로서도 여전히 이해할 수가 없었는데, 아무래도 인간들만이 가진 독특한 힘인 것 같았다.

아무튼 파순이 정도맹을 움직여 귀찮은 녀석들을 정리할 생각을 하고 있을 때 갑자기 문이 열리고 건장한 사내가 안으로 들어왔다.

그를 바라본 파순은 눈을 빛냈다.

"호오?"

건장한 사내가 파순을 보며 한껏 우아하게 예를 갖추고 말했다.

"이번에는 제법 쓸 만한 몸뚱이를 얻었습니다, 왕이시여. 아마 이 녀석이 그래도 이곳에서 가장 쓸 만한 녀석인 듯합니다."

"그래 보이는군. 그 녀석이 아마 신무단주일 것이다."

"예. 인간들 중에서는 제법 강한 축에 속하는 놈인가 봅니다."

신무단주 구철휘.

그게 이번에 타타후가 차지한 몸뚱이의 이름이었다.

정도맹에 있는 다섯 개의 무력 단체.

청룡단, 백호단, 주작단, 현무단, 그리고 그들보다 한 단계 위인 신무단.

그 신무단의 주인이 바로 구철휘였다.

잠시 타타후를 흐뭇하게 바라보던 파순이 물었다.

"저항은 없었나? 그 정도 녀석이라면 분명 정신력도 만만치 않았을 텐데?"

타타후는 혀를 내밀어 입술을 핥으며 음흉한 얼굴로 말했다.

"다행히 제가 들어가 있던 몸뚱이가 계집이라 여러모로 쓸모가 많았습니다."

"크크크, 그랬군. 사내놈들이란 참으로 쉽지 않으냐?"

"예. 생각보다 너무 쉬웠습니다. 왕이시여."

둘은 서로를 바라보며 음험하게 웃었다. 그러다가 파순이 불쑥 입을 열었다.

"그 몸으로는 어느 정도까지 가능하겠느냐?"

타타후는 파순의 질문을 받고 잠시 생각에 잠겼다. 이윽고 그는 스스로의 굵은 팔뚝을 내려다보며 대답했다.

"아마 크게 무리한다면 두 번째 단계까지는 힘을 뿜어낼 수 있을 듯합니다. 왕이시여."

타타후의 대답에 파순은 아주 흡족한 얼굴을 해 보였다.

"크크크, 좋다. 아주 좋다! 그 정도면 백무량쯤은 두려워하지 않아도 되지 않겠느냐?"

"물론입니다, 왕이시여."

조금 빡빡하긴 해도 백무량 정도는 첫 번째 단계의 힘만으로도 가능했을 것이다.

그런데 두 번째 힘까지 개방할 수 있다니, 이건 그야말로 힘이 흘러넘치지 않는가?

"크크. 그럼 이제 본격적으로 제물을 모아 보도록 하자. 그게 가장 빨리 힘을 모을 수 있는 길일 테니."

"예."

"아아…… 그러고 보니 그 전에 네가 꼭 해야 할 일이 있다."

타타후는 예의를 갖춰서 파순에게 대답했다.

"명령을 내려 주십시오, 왕이시여."

파순은 턱을 쓰다듬으며 위험한 미소를 그렸다.

"방해하러 오고 있는 멍청이들에게 장난을 한번 쳐 보도록 할까?"

그의 입장에서야 한낱 장난에 불과했지만 인간들에게는 아닐 것이다.

파순의 입가에 그려져 있던 미소가 한층 더 짙어졌다.

第四章

화경의 고수

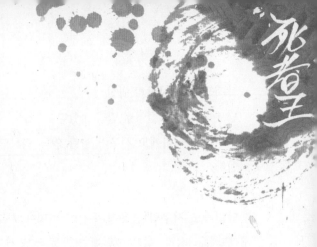

시우는 귀신 등의 비현실적인 것은 믿지 않았다.

딱히 무언가 신념이 있어서가 아니라, 눈에 보이지도 않는 허황된 것을 믿을 만큼 어리석고 한가하지 않기 때문이었다. 그러나 갑자기 눈에 보인 광경에 비명이 절로 터져 나왔다.

"끄아아아!"

코앞에 바로 나타난 희끄무레한 형체.

둥둥 떠다니는 당지광의 얼굴과 정면으로 마주한 시우는 비명을 질렀다.

난생처음 귀신이라는 것을 보게 된 것이다.

그것도 아는 사람의 귀신.

당연히 심장이 떨어질 만큼 놀랐다.

그런데 기이하게도 시우가 놀란 만큼 귀신도 놀란 모양
이었다.

[우아아아악!]

당지광도 시우의 반응에 똑같이 비명을 지르면서 뒤로
후다닥 물러섰다. 둘은 그렇게 거리를 두고 서로를 노려보
며 대치하고 있었다.

"……."

대치 중에 곰곰이 생각해 보니 시우는 지금 상황이 무척
어이가 없었다.

자신이야 귀신을 보고 놀란 것이니 충분히 이해가 되는
상황이었다.

'그런데 귀신 주제에 왜 저런 반응을 보여?'

황당하지 않은가?

본인의 얼굴을 매만지며 시우는 헛웃음을 흘렸다.

그리고 그렇게 웃은 덕분에 무서움이 조금쯤은 가라앉았
다.

"저에게 무슨 볼일이십니까, 영감님."

[…….]

당지광은 그의 말을 듣지 못한 듯 사방을 두리번거렸다.

그러다 시우가 자신을 똑바로 응시하자 눈에 불똥을 튀기며 말했다.

[이 오라질 놈! 드디어 네놈이 나를 볼 수 있게 되었구나! 빨리 내 새장을 내놔라!]

"아…… 새장!"

시우는 본인도 모르게 스스로의 이마를 탁하고 쳤다.

그랬다.

그동안 이런저런 일들이 겹치는 바람에 정말 새카맣게 잊고 있었다.

애초에 그가 당지광의 새장을 훔쳐서 도망치는 바람에 일이 그렇게 되었던 게 아닌가?

"……그런데 영감님은 죽어서까지 그게 필요하신 겁니까?"

이해하기 어려웠다. 하지만 그 말은 당지광을 화나게만 할 뿐이었다.

[이놈! 잔말 말고 당장 가져와! 이 도둑놈아!]

당지광이 다가와서 시우의 멱살을 잡아채려 했지만 소용없었다.

그는 이미 죽은 사람.

육체가 없었기에 시우에게 아무런 위해를 끼칠 수 없었던 것이다. 하나 그것이 당지광을 더더욱 분노하게 한 모양이었다.

[이놈! 이놈!]

당지광은 한참 동안이나 허공을 휘적거리며 시우를 때려 갔다.

그 덧없는 몸짓을 가만히 지켜보던 시우는 뒷머리를 긁적였다. 그리고 어느새 마차에서 내린 공손천기에게 도와 달라는 눈빛을 보내 보았지만 되돌아오는 것은 흥미진진한 시선뿐이었다.

'……내가 잃느니 죽지.'

애초에 부탁할 사람에게 부탁했어야 했다.

공손천기의 싱글벙글하는 표정을 보고 나서 시우는 덧없는 얼굴로 하늘을 응시했다.

하늘은 오늘따라 더욱 맑고 청량했고, 아찔할 만큼 높아 보였다.

잠시 하늘을 응시하던 시우는 천천히 시선을 내려 당지광을 응시한 후 말했다.

"그럼 새장을 돌려 드리면 되겠습니까, 영감님?"

시우가 묻자 당지광은 눈을 번뜩이며 고개를 끄덕였다. 그 간절한 눈빛에 시우는 고개를 끄덕이며 말했다.

"제가 가서 찾아 주긴 좀 그렇구요, 위치를 알려 드릴 테니 직접 찾아가세요. 어차피 멀지도 않으니 금방가실 수 있을 겁니다."

시우가 그렇게 말하며 품에서 헝겊을 꺼내어 대략적인 위치를 표시해 주려 할 때, 당지광이 완강하게 고개를 저었다.

[네놈 또 날 속이려고 그러지? 한 번 속지 두 번 속을 것 같으냐? 네가 직접 갖고 와라.]

시우는 고개를 절레절레 저으며 팔짱을 꼈다.

"저 이렇게 한가해 보여도 꽤 바빠요, 영감님. 그럴 시간 없어요."

[또 안 속는다!]

생각보다 당지광이 너무 고집스러운 태도를 보이자 시우는 난감한 얼굴을 해 보였다. 그에게도 입장이라는 것이 있기 때문에 무작정 자리를 비울 수가 없었던 것이다.

잠시 무언가를 고민하던 시우가 갑자기 얼굴을 일그러뜨리며 말했다.

"어라? 그러고 보니 제가 언제 영감님을 속였다고 그래요? 듣다 보니 기분 나쁘네."

[푸흴! 네놈이 날 속인 적이 없다고? 기억나지 않으냐? 몇 번이고 날 속여서 도망치려고 했잖으냐!]

당지광의 말에 시우는 움찔했다.

그리고 선선히 수긍했다.

하지만 그때는 정말 어쩔 수 없었다.

"절 감금해 놓으셨으니 제 입장에선 당연히 도망가야죠. 가만히 있으면 어떻게 될지 알 수도 없는데. 살려면 거짓말을 해야 했습니다."

[크흐흐, 내가 네놈을 믿지 못하는 것은 전부 그것 때문이다. 그러니 직접 새장을 가지고 와라.]

"후우, 영감님. 그때 이후로는 제가 거짓말을 한 적 없잖습니까? 순순히 황금 새장이 있는 곳으로 안내도 해 줬잖아요? 뭐, 물론 도중에 불의의 사고가 있긴 했지만⋯⋯."

불의의 사고.

그것은 아마 냉무기와의 만남을 말하는 것일 터.

당지광의 얼굴이 일그러지고 시우는 입맛을 다셨다.

말실수를 했다고 여긴 것이다. 분명 죽었을 때의 기억은 떠올리기 싫었을 테니까.

그러다가 시우는 문득 자신의 손바닥을 짜악 하고 마주친 후 말했다.

"어라? 그러고 보니 이제 영감님 까악까악거리지 않네요?"

시우의 아무렇지도 않은 물음에 당지광은 움찔거렸다. 그리고 불안한 얼굴로 주변을 두리번거렸다.

"왜 그러세요, 갑자기?"

시우의 질문에 대한 답은 당지광이 아니라 뒤에서 얼굴을 구기며 서 있던 초위명이 대신 해 주었다.

"괜찮아. 더 이상 겁먹을 필요 없다. 이제 까마귀 흉내는 낼 필요 없어. 그리고 그 새장도 더 이상 필요 없다."

[그, 그런가…… 그렇게 된 건가…….]

당지광이 멍한 얼굴을 할 때 초위명이 마뜩치 않은 표정으로 입을 열었다.

"너는 약속을 지켰다. 그러니 이제 그만 성불해도 돼. 더 이상 바보처럼 그 까마귀 계집을 기다리지 마라, 멍청한 놈아."

당지광은 초위명의 말에 고개를 숙인 채 우물쭈물거렸다. 초위명은 그런 당지광을 보며 짜증 가득한 얼굴을 해 보였다.

"네가 살아 있는 내내 미치광이 노릇을 해서 전생의 업보는 이미 다 지워졌어. 괜히 엄한 놈 괴롭히지 말고 성불하라니까? 뭐하려고 여기에서 얼쩡거려?"

초위명이 벌컥 화를 내자 당지광은 어버버거리며 뒤로 물러섰다.

그 모습을 가만히 지켜보던 고양이가 초위명의 볼을 찰싹 때리며 말했다.

[친구에게 그렇게 사납게 말하지 마라, 아이야. 그게 본

심이 아니잖니.]

"······끼어들지 마. 이건 내 문제야."

하나 초위명은 좀 전보다 확실하게 누그러진 표정으로 당지광에게 다가갔다. 그리고 깊은 한숨을 내쉬며 입을 열었다.

"네가 데리고 다니던 그 까마귀, 아니 그 계집도 조만간 죽어서 환생하게 될 거다. 이번 생에서 네가 모든 업보를 해소했으니 다시 환생하게 되면 그 계집을 만날 수 있을 거다."

[오오! 저, 정말인가, 친구?]

"그래, 멍청한 놈아."

초위명은 기쁜 표정의 당지광을 보며 씁쓸하게 웃었다.

이 바보 같을 정도로 착한 놈은 자신의 업보뿐만이 아니라 과거의 연인이었던 까마귀의 업보까지 혼자서 다 감당했던 것이다.

덕분에 당지광은 이번 생에서 미치광이처럼 살아야 했고, 그러기 위해 바보 같은 짓을 계속 반복해 왔다.

"그런데 정말 후회하지 않겠냐? 아무리 봐도 내가 판단하기에 그 계집은 그다지 좋은 인연은 아니다."

초위명.

그답지 않은 걱정스러운 말에 당지광은 껄껄 웃으며 말

했다.

[물론이지. 나는 다시 태어나도 그 여자를 만날 수만 있다면 이보다 더한 짓도 할 수 있네. 아무튼 자네에게 정말 고맙구먼. 자네 덕분에 업보를 해소할 수 있었으니까.]

"……고마워하지 마라, 멍청한 놈아."

당지광의 가식 없는 기쁨을 마주하며 초위명은 얼굴을 왕창 구겼다.

본래 장래가 촉망되던 당지광이었다.

사천당가에서도 내로라하는 화경의 고수.

그가 어느 날 갑자기 미치광이 짓을 하고 인생을 헛되이 보낸 것은 순전히 초위명 그가 당지광에게 전생을 보여 주었기 때문이었다.

'너는 어떨지 몰라도 나는 아직도 그때를 후회하고 있다, 이놈아.'

그냥 단순한 장난이었다.

건방지고 오만방자했던 당지광의 콧대를 납작하게 꺾어 주기 위해 보여 주었던 전생.

한데 그것이 당지광의 인생을 완전히 엉망진창으로 바꿔 버렸다.

'만약 그때 이놈이 그것을 보지 못했더라면……'

장담할 수 있는 것은 아니지만, 적어도 당지광은 지금보다 훨씬 괜찮은 삶을 살 수 있었을 것이다.

초위명이 그렇게 과거를 회상하며 복잡미묘한 표정을 그리고 있을 때, 당지광이 환하게 웃으며 다가와 초위명의 손을 잡아 갔다.

시우와 달리 초위명은 술법사였기에 손을 잡을 수 있었던 것이다.

그 상태로 당지광은 말했다.

[나는 다음 생에도 자네와 친구로 만나고 싶구만.]

"……!"

가만히 듣고 있던 초위명의 얼굴이 흉측하게 일그러졌다.

당지광이 말하는 순간 뭐라 표현할 수 없는 고통이 가슴 언저리를 스치고 지나갔기 때문이다.

초위명은 한동안 당지광을 멍하게 바라보다 입을 열었다.

"네놈은…… 정말로 바보 멍청이가 분명하다. 이건 정말 구제불능이잖으냐…… "

당지광은 초위명의 독설에도 헤벌쭉 웃으며 다시금 말했다.

[초위명, 다음 생에도 나와 친구가 되어 주겠는가?]

초위명은 말없이 당지광을 바라보았다.

그러다 눈썹 끝을 씰룩이며 대답했다.

"……나는 바보 멍청이와 두 번이나 친구가 될 마음이 없다."

[……그러한가.]

당지광의 얼굴에 짙은 실망이 떠오를 때.

초위명이 그의 손을 강하게 부여잡으며 말했다.

"그러니까 부탁하는 건데, 제발 다음 생에 날 만나면 똑똑하게 행동해라. 알겠냐, 이 바보 멍청이 자식아."

그제야 당지광의 얼굴에 미소가 떠올랐고 초위명은 천천히 그의 이마에 손을 올려놓으며 작게 말했다.

"그럼 다음 생에 보자, 친구."

당지광은 고개를 끄덕였고, 초위명은 짧은 주문을 외웠다.

시우가 뒤로 멀찍이 물러날 무렵 당지광의 전신에서 밝은 빛무리가 뿜어져 나왔다.

'이건…….'

대기에 흩어지는 것은 너무도 분명한 기(氣)였다.

밝고 따뜻한 기의 덩어리.

아마 저것이 당지광이 본래 지니고 있던 기운일 것이다. 그것이 사방으로 흩어지는 것을 지켜보던 시우는 자신도 모르게 마른침을 삼켰다.

늘 거침없었던 초위명의 표정이 지금 몹시 심상치 않았던 것이다.

'조심해야겠다.'

누구든 저런 표정을 짓고 있을 때 잘못 건드리면 위험했다.

시우가 그렇게 몸을 사리고 있을 때, 상황과 전혀 관계없이 심드렁한 얼굴로 구경하던 공손천기가 입을 열었다.

"무척 감동적이군."

"……."

시우와 달리 초위명과 당지광, 둘의 관계에는 그다지 관심 없던 공손천기였다. 때문에 그에게 있어서 지금과 같은 상황은 그렇게 중요하지 않았던 것이다.

"다 끝났으면 이만 출발하자."

공손천기는 그 말을 마지막으로 마차에 쏙 올라타 버렸고, 시우는 마치 그런 공손천기와 전혀 관계없는 사람인 양 고개를 돌려 버렸다.

그런데 의외로 초위명은 발작하지 않았다.

그는 공손천기가 탄 마차를 바라보다 피식 웃고는 본인의 말 위에 올라탄 것이다.

하지만 시우는 그때 초위명이 작게 중얼거리는 말을 똑똑히 들었다.

"너는 반드시 내가 찢어 죽일 거다."

"……."

저 정도 저주야 이젠 웃고 넘길 만한 수준이었다.

그래서 시우는 작게 하하 웃으며 넘겼고, 마차 안의 공손천기도 코웃음으로 넘겼다.

'이렇게 아슬아슬한 상태로 과연 마왕을 잡을 수 있는 걸까?'

시우는 웃음을 잃지 않으려 노력하며 마부에게 지시해 마차를 출발시켰다.

마왕.

과거에 사막에서 딱 한 번 본 것뿐이었지만 그 존재감만큼은 엄청 강렬하고 선명하게 남아 있었다.

'강함, 그 이상의 느낌이었지……'

마왕에게는 단순히 무력으로 측정되지 않는 무언가가 있었으니까. 그런데 사실 지금은 마왕이 가지고 있는 무력보다 더 크고 직접적인 문제가 있었다.

마왕 파순.

그가 지금 정도맹주의 껍데기를 뒤집어쓰고 있다는 사실이다.

'분명 여러모로 일을 피곤하게 만들 텐데……'

아주 치명적인 요소였다.

그리고 그 치명적인 요소와는 생각보다도 빨리 부딪치게 되었다.

"……포위되었습니다."

출발한 지 얼마 지나지 않아서 마차를 막아서는 일단의 사람들이 있었다.

시우가 곤란한 얼굴을 해 보이며 말하자 공손천기는 고개를 끄덕였다.

"왜 이렇게 안 움직이나 했다."

그들의 이동 경로는 정도맹에서 모를 수가 없었다.

이렇게 노골적으로 지나가는데 눈치 못 채고 있다면 그건 그것대로 문제가 심각한 것이니까.

사방을 포위한 병력을 바라보며 시우가 쓴웃음을 그릴 때 제일 전면에 있던 아미파의 고수가 입을 열었다.

"아미타불…… 본인은 아미파의 태정이라 합니다. 그대들은 마교가 맞습니까?"

시우는 잠시 머뭇거렸다.

혼자였다면 당연히 대답은 '아니오'였을 것이다. 일이 귀찮아지는 것은 딱 질색이었으니까.

하지만 지금은 그럴 수 없었다.

시우는 어깨를 으쓱이며 대답했다.

"그렇다면 어쩌실 겁니까?"

그들의 전면을 막고 있던 사람들 사이에서 작은 소란이 일어났다. 그러다 약간의 소란이 가라앉자 아미파의 태정 사태가 다시금 물었다.

"아미타불…… 하면 마교의 교주가 그 마차에 타고 있다는 것도 사실입니까?"

"대답하기 전에 저도 질문 하나만 합시다. 조금 전에 하나 대답해 드렸으니 그쪽도 하나 답해 주셔야 공평하죠."

"아미타불…… 그건 아무래도……."

태정 사태가 움찔하며 곤란한 얼굴을 할 때.

시우는 그녀의 대답은 신경 쓰지 않고 재빨리 질문했다.

"대체 어디서 그런 정통한 소문들을 들은 것인지 물어봐도 됩니까?"

걱정했던 것과 달리 이건 별로 대답하기 어려운 질문은 아니었다. 그랬기에 잠시 고민하던 태정 사태는 결국 한숨을 내쉬며 말했다.

"……본 맹에서 직접 내려온 정보입니다."

"역시 그렇군요. 감사합니다."

시우는 싱글싱글 웃으며 마차에서 내려섰다.

그리고 손가락 관절을 가볍게 풀며 말했다.

"그런데 거기에 교주님 말고 다른 사람에 대한 정보는 없었던 모양입니다. 설마 겨우 이 정도 병력으로 쳐들어올

지는 몰랐거든요."

"……."

제일 전면에 서 있던 아미파의 고수 태정 사태의 얼굴이 딱딱하게 굳어 갔다.

"아미타불…… 시주께서는 상당히 오만하십니다. 지금 정도맹의 무력 단체 현무단 인원 절반이 포위하고 있는 것을 모르시겠습니까?"

"과장이 엄청 심하시네요. 고작 오백 명 정도의 기척이 느껴지는데……."

태정 사태의 얼굴에 당황이 떠오를 때.

시우가 다시 말했다.

"그래도 확실히 정예 고수 오백 명이라면 무시무시한 숫자입니다. 겁나긴 하네요."

시우가 짐짓 무서운 듯 호들갑을 떨자 태정 사태는 짧게 불호를 되뇌며 말했다.

"그럼 지금이라도 항복하시겠습니까? 마차에 타고 계신 분의 얼굴을 보고 싶군요."

태정 사태의 말에 시우는 고개를 저으며 천천히 앞으로 걸어 나갔다.

아무런 준비 동작이나 예비 동작 없는 무방비 상태로.

그 거침없는 모습에 전면을 막아서고 있던 정도맹 고수

들의 얼굴에 험악함이 떠오를 무렵 시우가 환하게 웃으며 입을 열었다.

"마차에 계신 분의 얼굴을 보기엔 그쪽에서 준비한 정성이 너무 부족합니다."

"그게 무슨……."

태정 사태가 되물으려다가 화들짝 놀라는 얼굴로 뒤로 물러섰다.

동시에 시우의 손에서 불기둥이 뿜어져 나오고 주변에 있던 십여 명의 고수들 몸뚱이가 반으로 쪼개졌다.

푸아아악—!

피보라가 일고 태정 사태는 전신을 덜덜 떨며 중얼거렸다.

"수, 수강! 화경의 고수!"

그녀의 말에 모두의 얼굴에 경악이 떠오를 때, 시우가 양손에서 뽑아 낸 길쭉한 수강을 위로 들어 올리며 잔인하게 미소 지었다.

第五章
배덕의 기사

무슨 일이든 처음이 어려운 법이다.

반대로 처음만 지나면 무슨 일이든 익숙해질 수 있다는 말이 된다.

지금의 시우가 그랬다.

수강(手罡)은 본래 화경의 고수만이 쓸 수 있는 무학.

처음 썼을 때는 당황했지만 이제는 시우도 아주 능숙하게 수강을 뿜어낼 수 있었다.

'물론 절정 고수들도 이걸 무리해서 뿜어낼 순 있지만……'

그런 '가짜'들은 파괴력도 약하고 유지하는 것조차도 버거웠다. 억지로 뽑아내는 것이기 때문이다.

지금 시우를 막는 태정 사태의 강기가 그러했다.

쾅—!

시우의 수강을 막은 것까지는 좋았다.

하지만 그것으로 끝.

그녀는 입에서 왈칵 피를 토해내며 바닥에 주저앉았다.

'원한은 없지만……'

살려 둘 수는 없었다.

시우의 팔이 빠르게 움직이고 태정 사태의 숨이 끊어졌
다. 동시에 사방에서 적들이 달려들었지만 시우는 맞상대하
지 않고 한 걸음 물러서며 말했다.

"내키지 않으실 수도 있겠지만 다들 부탁드리겠습니다.
시간 끌어 봐야 좋을 건 없으니까요."

그 말이 신호였다.

마차 주변에 은신하고 있던 마라천풍대의 고수들이 모습
을 드러낸 것은.

마차를 호위할 두 명의 인원만 남겨 둔 채 전원이 적들에
게 달려든 것이다.

그들은 양 떼 사이에 달려든 사나운 늑대들이었다.

콰드드득—

순식간에 뼈가 부러지는 소리와 함께 비명이 울려 퍼졌다.

시우 역시 망설이지 않고 움직였다.

화경의 고수가 작정하고 움직인 것이다.

오백 명 대 삼십 명의 싸움.

'하지만……'

시우는 전신에 피 칠갑을 한 상태에서 자신도 모르게 히죽 웃어 버렸다.

이건 거의 일방적이라고 할 만큼 손쉬운 전투가 펼쳐졌다. 시우가 처음부터 저들 중에서도 가장 강한 자들만 때려잡아 버리니까 나머지는 너무 손쉬웠다.

"크하하핫!"

우규호는 신나서 미친 듯이 날뛰고 있었고, 그런 그의 손에 죽은 자들이 가장 많았다. 그의 무공은 가장 효과적으로 대량 살상이 가능했던 것이다. 전신에서 보랏빛 번개가 뿜어져 나올 때마다 확실하게 두어 명씩 죽어 나갔다.

"전부 뒈져 버려라!"

쿵—!

콰지지직—

우규호가 적들 중앙에 뛰어들어 내력을 폭발시키듯 터트리자 그의 전신에서 번갯불이 떨어진 것처럼 전류가 흘렀다.

"크아악!"

"끄아!"

그러자 열 명에 가까운 사람들이 피를 토하며 쓰러졌다.

"……무식한 놈."

주상산은 요란하게 싸우는 우규호를 보며 얼굴을 찡그린 채 아주 조용하게 하나씩하나씩 죽여 가고 있었다. 그는 우규호처럼 큰 움직임도 없이 최소한의 움직임으로 정확하게 급소만 노려서 사람들을 죽이고 있었다.

'벌써 백 명이라……'

숨 한 번 크게 들이쉬고 내쉬는 시간 동안 백여 명의 사상자가 나왔다.

실로 압도적인 힘의 차이인 것이다.

그렇게 마라천풍대의 고수들은 각자의 성향대로 움직이고 있었고, 시우는 그들 전체를 살펴보고 적들의 움직임을 파악하는 데 주력하고 있었다.

'이번에는 저놈이다.'

시우는 생각보다 많은 자들을 죽이지 않았다.

그저 최대한 집중해서 내력의 움직임이 심상치 않은 자들만 골라서 죽여 가고 있었다.

콰직—

시우는 멀리서 내력을 모으고 있던 자를 향해 발차기를 날려 턱을 부숴 버렸다.

그렇게 차근차근 적들을 부숴 가고 있을 무렵.

'어?'

시우는 지금까지와는 전혀 다른, 완전히 생소한 기의 움직임을 느끼고 눈을 깜빡였다.

'뭐지?'

언뜻 보기에는 대단히 비리비리해 보이는 사내였다.

눈동자는 탁한 회색으로 풀려 있고, 이쑤시개도 제대로 들 힘이 없어 보이는 그런 사내.

하지만 시우는 그 사내와 눈을 마주치는 순간 본능적으로 강렬한 위험을 감지했다.

"피해!"

사내가 무슨 개수작을 부리는지는 정확하게 알 수 없었다. 하지만 단 한 가지는 확실하게 알 수 있었다.

지금 저놈이 뭔가 대단히 위험한 짓을 하려고 한다는 것을.

그가 노리는 사람은 우규호.

가장 덩치가 커서 표적이 되기 쉬운 그를 향해 사내가 손바닥을 뻗었던 것이다.

"응?"

우규호는 자신을 향해 덮쳐 오는 새카만 연기를 보며 재빨리 내력을 모아 주먹을 후려 갈겼다.

퍼엉—

주먹과 검은 기운이 부딪치자 우규호는 얼굴을 찡그렸다. 그가 뻗은 주먹에 전혀 저항감이 없었던 것이다.

몸을 뒤로 피하려고 했지만 그것보다 빠르게 검은 안개 같은 기운이 우규호의 전신을 뒤덮었다.

치이이익—!

"으아아악!"

우규호는 비명을 지르며 나뒹굴었다.

전신에서 열꽃이 피어나며 핏줄들이 솟구쳤고, 괴로운 비명이 터져 나왔다.

시우가 그 모습을 보고 분노에 찬 얼굴로 몸을 날렸다.

웅웅—

그의 손에 연녹색의 강기가 순간적으로 뭉치고 그것은 곧장 유성처럼 비리비리한 사내의 몸뚱이에 꽂혔다.

콰앙—!

폭음과 함께 시우는 두 걸음 정도 뒤로 밀려났다.

그리고 잠시 얼떨떨한 얼굴로 자신의 손을 바라보며 중얼거렸다.

"이걸…… 막았어?"

비리비리한 사내.

그의 바로 앞에는 사내와 비슷한 기운을 풍기는 여자가 서 있었다.

시우의 강기를 막은 것은 저 여자였다.

그 여자의 손에서도 검은 기운이 뭉클거리며 뿜어져 나오고 있었다.

"나 참, 어이가 없네……."

시우가 어처구니없는 표정을 지어 보였다.

저 여자는 아무리 봐도 화경의 고수가 아니었다.

화경은커녕 절정 고수도 되지 못했다.

그런데도 파괴의 정점이라 불리는 강기를 너무도 쉽게 막았다.

눈앞에서 믿을 수 없는 일이 벌어진 것이다.

"멍청아, 조심해라."

"주군……."

어느새 공손천기가 뒤에서 뛰어나와 우규호의 전신에 붙어 있는 검은 안개를 걷어내고 있었다.

공손천기는 품에서 부적을 꺼내어 우규호의 몸에 철썩 붙여 주고는 중얼거렸다.

"벌써 그놈들이 배덕의 기사를 소환한 모양인데……."

"배덕의 기사요? 그게 뭡니까, 주군?"

공손천기는 얼굴을 찡그리며 낮게 투덜거렸다.

"역천의 마물이다. 자세한 건 이따가 설명해 주마. 지금은 저놈들 먼저 조져."

시우는 고개를 끄덕였다. 그리고 자신을 향해 덮쳐 오는 여자를 바라보며 작게 중얼거렸다.

"한 번 당해 줬으면 됐지 두 번이나 당할까?"

검은 기운의 여자를 바라보던 시우는 여자가 지척까지 다가올 때까지 아무런 행동도 취하지 않았다. 그러다 어느 순간 시우의 몸이 여자를 스치듯이 지나쳤다.

푸아악—!

여자의 심장 어림에서 검은 피가 분수처럼 뿜어져 나오고 그녀는 비틀거리며 바닥에 쓰러졌다. 하나 시우는 거기에서 멈추지 않고 계속 달려서 뒤에서 검은 안개를 뿜어내는 사내에게 돌진했다.

퍼걱—!

검은 안개를 꿰뚫고 사내에게 달려들어 단숨에 머리통을 부순 시우는 가볍게 한숨 돌렸다.

그때.

"내가 조심하라고 했지?"

공손천기의 낮은 경고가 귀에 들리고 시우는 본능처럼 몸을 옆으로 날렸다.

콰콰쾅—!

방금 전까지 시우가 있던 장소에 검은 기운이 꽂히며 폭발했다.

시우는 그 모습에 입을 떡하고 벌리며 어버버거렸다.

"어? 어라? 분명히 심장이 뚫렸을 텐데?"

손끝에 걸리는 감각이 있었다.

시우가 당황하거나 말거나 검은 기운의 여자는 제자리에서 일어나 시우를 향해 다시 달려들었다.

그것도 심장에 구멍이 뻥 뚫린 채로……

"으아아악!"

그 괴기스러운 모습은 아무리 무공으로 몸과 정신을 단련한 무인들이라도 간담이 서늘할 만큼 공포스러운 광경이었다.

시우 역시 마찬가지였다.

화경이라는 절대적인 경지에 들어섰지만 저 여자의 모습은 공포 바로 그 자체였던 것이다.

콰콰콰쾅—!

시우는 눈을 감고 벌벌 떨며 마구잡이로 주먹과 발길질을 해 댔다.

너무 무서웠던 탓이다.

하지만 눈을 감아도 그의 감각은 이미 초인의 그것이었기에 그의 주먹과 발길질은 단 하나도 빗나가지 않고 죄다 검은 기운의 여자에게 꽂혔다.

콰드득— 콰직—!

처음 한두 방은 어찌어찌 막았지만 나머지는 소용이 없었다. 팔로 막으면 팔이 부러졌고, 어깨로 막으면 어깨가 절단 났다.

화경의 고수가 작정하고 내뿜은 기운을 막을 순 없었던 것이다.

"······무식한 놈."

말에서 내리지 않은 채 상황을 지켜보던 초위명이 낮게 혀를 차자 공손천기는 선선히 고개를 끄덕였다.

그로서도 인정할 수밖에 없었던 탓이다.

"멍청하면 손발이 고생이지."

"너 수하 관리 똑바로 안 할래?"

초위명의 핀잔에 공손천기는 피식 웃으며 대답했다.

"사람 말귀를 알아들어야 관리를 하지. 직접 해 보시든가. 가끔 짐승을 키우는 게 더 편할 때가 있다고 여길 거다."

공손천기가 품 안의 강아지를 쓰다듬고 있을 무렵, 시우는 검은 기운의 여자를 완전히 다져 놓고 있었다.

"헉헉······."

시우는 실눈을 뜨고 크게 한숨을 내쉬었다.

여자는 이미 형체를 알아볼 수 없을 만큼 으깨져 있었던 것이다.

"후우····· 이번 건 정말 무서웠어. 엄청 무서웠다."

이마에 흐르는 식은땀을 닦으며 시우가 중얼중얼거리자 공손천기가 그것을 듣고 어이없는 웃음을 그리며 말했다.

"두 번만 무서우면 가루로 만들어 버리겠네, 아주."

공손천기가 투덜거릴 때 시우는 볼을 씰룩거리며 불만스러운 얼굴을 해 보였다.

"정말 무서웠습니다, 주군. 저 정말 생명의 위협을 느꼈다니까요?"

"그래. 저 괴물의 상태를 보니 네가 얼마나 무서웠는지 충분히 알겠다."

"……."

저런 원초적인 공포는 고수라고 해서 견딜 수 있는 게 아니었다.

시우가 막 그 부분을 설명하려 할 때.

갑자기 자신의 뒤쪽에서 무언가 움직이는 기척을 느낀 그는 고개를 돌렸다.

그리고 뒤를 응시하던 시우의 얼굴이 핼쑥해졌다.

"서, 설마?"

조금 전 시우가 머리통을 박살 낸 사내가 삐거덕거리며 바닥에서 몸을 일으키고 있었던 것이다.

"으아아악!"

콰콰콰쾅─!

시우의 손과 발이 다시금 현란하게 움직이고 사내가 다진 고깃덩어리가 되었을 무렵, 공손천기가 말했다.

"……수고했다. 이번에도 엄청 무서웠던 모양이네."

"헉헉……."

"다행히 이놈들 둘밖에 없었던 모양이다."

시우가 난동을 피우는 사이 주변 정리는 어느 정도 끝나 있었다.

마라천풍대의 고수들은 적들 사이에 수상한 힘을 뿜어내는 자들이 섞여 있다는 것을 알자마자 느긋함을 버리고 전력을 다해 적들을 죽여 갔던 것이다.

"일어나라, 우규호."

"……으으……."

우규호는 공손천기의 말에 신음을 흘리며 몸을 일으켰다.

아직까지 고통의 여운이 남아 있는지 찡그린 안색이었지만 겉으로 보기엔 멀쩡해 보였다.

"우규호 말고 부상당한 놈들은 있나?"

"……."

없었다.

다들 자잘한 상처들은 있었지만 그것은 그들 사이에서 부상이라고 볼 수 없었으니까.

"좋아. 고작 이런 곳에서 부상을 당했으면 정말 실망했을 거다."

현무단은 정도맹에서도 제일 평균적인 수준의 무력 집단이었다.

숫자도 그렇고 엄청나게 강한 고수도 얼마 없는 것이다.

공손천기가 흡족하게 웃고 있을 때 시우가 우는 낯으로 주섬주섬 다가와서 말했다.

"저 아무래도 손목이 삔 것 같습니다, 주군. 시큰거리는데요?"

"그렇게 열심히 두들겨 팼으니 그럴 수밖에. 팔다리 안 부러진 게 다행이다."

시우의 칭얼거림에도 공손천기는 전혀 개의치 않으며 입을 열었다.

"앞으로도 종종 방금 전에 시우가 죽인 놈들 같은 특이한 녀석들이 나타날지도 모른다. 꽤나 처치하기가 힘든 놈들이긴 하지만 방법이 아예 없는 것도 아니다."

"어? 효율적인 방법이 있는 겁니까?"

시우가 눈을 반짝이자 공손천기는 피식 웃었다.

"적어도 조금 전의 너처럼 무식한 방법은 아니지. 그건 낭비거든."

시우가 입술을 삐죽이 내밀었지만 공손천기는 무시하고 허리를 숙였다. 그리고 다진 고기가 되어 있는 여자의 몸뚱이를 무심한 표정으로 이리저리 헤집다가 무언가를 들어 올리며 말했다.

"이게 핵이다. 이걸 부수면 이놈들은 움직임을 멈추지. 모르겠으면 조금 전의 시우처럼 전신을 때려 갈기는 방법도 있지만 저건 너무 힘의 낭비니까, 그냥 감각을 집중해서 기운이 고도로 응집되어 있는 부분을 찾아서 부수면 된다."

"음……."

둥근 구슬의 파편.

그것을 지켜보던 모두의 얼굴에 아리송한 표정이 떠오를 때 공손천기가 피식 웃으며 말했다.

"처음이 어렵지, 몇 번 하다 보면 쉽게 찾을 수 있을 거다. 너희들은 그만한 능력이 있거든."

화경에는 이르지 못했지만, 이곳에 있는 천마신교의 고수들은 모두가 절정에서도 최상위에 속했다.

그들의 날카로운 감각으로 이 정도의 난관을 극복하는 것은 어렵지 않았다.

"다만 혼전 중에 이런 놈들이 단체로 덮친다면 무척 어렵긴 하겠지. 그래도 그때는 힘이 철철 남아도는 놈이 있으니까 어떻게든 될 거다."

공손천기가 말을 하며 시우를 바라보았다.

그러자 시우는 무안한 얼굴로 대답했다.

"저도 다음부터는 핵이라는 것만 노려서 파괴해 보겠습니다."

"당연히 그래야지. 네가 사람이라면 그 정도의 발전은 할 게 분명하다."

공손천기는 몸을 일으켜 주변을 둘러보며 말했다.

"도망친 놈은 몇 명 정도 되는 거지?"

"대략 스무 명 안팎으로 보입니다."

"스무 명이라…… 적당하군."

비영의 대답에 공손천기는 슬쩍 웃었다.

오백 명 중 스무 명 정도가 도망쳤다.

그것도 사실 천마신교가 작정했다면 도망치지 못했을 테지만 공손천기는 일부러 그들이 도망치게 내버려 두라고 명령했다.

'그놈들도 어떤 놈과 같은 편이 되었는지 알아야 하니까.'

정도맹에서도 본인들 편에 어떤 괴물이 있는지 명확하게 알아야 할 것이다. 물론 그들이 마왕 파순의 정체를 알아채면 좋겠지만 거기까지는 기대도 하지 않았다.

파순의 정체까지는 아니더라도 본인들 쪽에 괴물이 붙어 있다는 것만 '인지' 한다면 그것으로도 충분했으니까.

"그럼 슬슬 움직여 볼까?"

"예."

공손천기는 몸을 일으켜 마차에 올라탔다. 그러자 그때까지 가만히 상황을 지켜보던 초위명이 입을 열었다.

"벌써 배덕의 기사가 두 명이다. 명심해라, 애송아."

초위명의 낮은 경고에 공손천기는 슬쩍 웃으며 말했다.

"……너나 명심해."

배덕의 기사.

이것들이 세상에 튀어나왔다는 사실은 분명 현재 파순의 작업이 생각보다 순조롭게 진행되고 있다는 것을 의미했다.

덕분에 공손천기도 그렇고, 초위명도 겉으로 티는 내지 않았지만 속으로는 바짝 긴장하게 되었다.

일이 생각보다 어려워지고 있다고 여긴 것이다.

그들은 자연스럽게 속도를 올려서 현재 일각이 머물고 있는 사천 지부로 빠르게 이동하기로 결정했다.

* * *

"하, 할아버지……."

반유하.

그녀는 비쩍 마른 몰골로 침상에 누워 있는 반천강을 보며 울먹거렸다.

늘 강인했고, 든든한 반석같이 의지가 되던 할아버지였

다. 그랬던 할아버지가 지금은 무기력한 병자가 되어 침상에 누워 있었던 것이다.

"왔느냐……."

"……."

반백의 머리카락은 완전히 새하얗게 시들어 있었고, 팽팽하던 얼굴에는 주름이 가득했다.

반유하가 곁에서 말을 잇지 못하고 울고만 있자 반천강은 허허롭게 웃으며 그녀를 가볍게 안아 주었다.

"걱정 마라. 할아버지는 죽지 않으니까."

"……교주가…… 교주가 할아버지를 이렇게 만들었나요?"

반유하의 더듬거리는 질문에 반천강은 고개를 끄덕였다. 그리고 허탈한 웃음을 지으며 말했다.

"과연 마교의 교주는 강하더구나…… 젊은 세대에게 밀려나는 것이 이런 느낌이구나 싶었다."

"……."

공손천기가 일각에게 습격을 받기 직전에 날렸던 발차기. 그게 치명상이었다.

반천강이 그전까지 겨우 억누르고 있던 내상이 한꺼번에 도진 것은 물론이고, 단전까지 깊은 손상을 입었으니까.

'그리고…….'

특히 단전의 손상이 정말 심각했다.

오랜 요양이 필요한 것은 물론이고, 요양 기간을 충분히 거쳐서 회복한다고 하더라도 나이 탓에 예전에 비하면 절반도 못한 기량만 겨우겨우 회복할 수 있을 것이다.

"네 탓이 아니다, 이 녀석아. 전부 이 할애비가 부족해서 생긴 일이니 자책하지 마라."

"그렇지만……."

반유하가 일그러진 얼굴로 말을 잇지 못하고 울고만 있자 반천강이 다독여 주었다.

하지만 소용없었다.

반유하는 이미 마음에 큰 상처를 입었던 것이다.

'공손천기…….'

할아버지가 부상당했다는 사실 하나만으로도 힘든데, 그렇게 만든 상대가 공손천기라는 이야기를 들으니 숨을 쉴 수 없을 만큼 괴로워졌다.

그때 의자에 앉아 그런 반유하를 지켜보고 있던 서문호가 나직하게 말했다.

"그 아이 탓이 맞지. 좋게 말한다고 사실을 감추지는 말게, 친구."

"……자네……."

서문호가 반유하를 구출해 왔다는 사실은 반천강에게 큰 위로가 되었다.

부상만 당한 상태로 아무런 소득도 없이 돌아갈 뻔했는데 그의 오랜 친구가 마두들의 손에서 손녀를 구출해 온 것이다.

"오늘 일을 똑똑히 기억해라, 반유하. 너는 더 이상 철부지 어린아이가 아니다. 네 멋대로 행동해서 나온 결과를 가슴에 똑똑히 새기라는 말이다. 알아듣겠느냐?"

"그만하게. 그 아이도 잘 알고 있을 걸세."

반유하는 서문호의 서슬 퍼런 기세에 숨을 멈추다가 자신도 모르게 딸꾹질을 해 댔다. 그리고 우는 낯으로 고개를 끄덕였다.

평소에 감정적인 모습을 보이지 않았던 서문호 할아버지가 이렇게 크게 화를 내니 얼굴을 들고 있을 수가 없었다.

'전부 내 탓이야.'

인정할 수밖에 없었다.

그녀가 고집만 부리지 않았어도 이런 일은 일어나지 않았을 것이다. 전윤수가 곱게 돌려보내 주겠다고 몇 번이나 말했을 때 진즉에 돌아갔어야 했다.

공손천기를 만나 보겠다는 괜한 고집을 부려서 결국 그녀의 할아버지가 돌이킬 수 없는 부상을 입고야 말았다.

분명 미리 막을 수도 있었던 참상. 하지만 그녀의 개인적인 욕심 때문에 그 모든 것을 망쳐 버렸다.

"잠시 나가 있거라. 이 친구와 할 이야기가 있으니."

"……네."

반유하는 서문호의 서늘한 말투에 고개를 숙인 채 바깥으로 나갔다.

입이 열 개여도 할 말이 없었던 것이다.

그녀가 그렇게 나가고 나자 반천강은 깊은 한숨을 내쉬며 입을 열었다.

"왜 그렇게 저 아이를 타박했는가, 이 친구야. 안 그래도 힘든 아인데…… 이건 늘 차분했던 자네답지 않구먼."

"……."

서문호는 한동안 복잡한 표정으로 반천강을 바라보았다.

자신이 평생을 들여서 뛰어넘으려고 애썼던 사람.

동시에 평생 가장 친한 친구.

그 애증의 존재가 지금 반쯤 폐인이 된 채로 그를 바라보고 있었다.

'이 바보 같은 놈…….'

이놈은 몰랐을 것이다.

그가 교주에게 이런 꼴이 되지 않았더라면 머지않아 자신이 반천강을 이렇게 만들었을 것임을.

이제는 평생토록 모르고 살 것이 분명했다.

머릿속에서 떠오르는 여러 가지 말들이 튀어 나가려는

것을 가까스로 억제하며 서문호가 입을 열었다.

"사람이 좋은 것도 과하면 독이 되는 법일세. 특히 저 아이에게는 지금 다정다감한 말보다 송곳 같은 말이 필요한 시점이라 판단했네. 평생에 약이 되겠다 생각했지. 내가 과한 점이 있다면 사과함세."

반천강은 서문호의 말에 가볍게 입맛을 다시며 고개를 끄덕였다.

"……후우, 아닐세. 자네 말이 맞지. 악역을 자처해 줘서 고마우이. 그러고 보니 항상 자네에게는 빚을 지는구만."

"……."

"손녀를 찾아줘서 고맙네. 쉽지 않은 일이었을 텐데 가문의 정예까지 동원해서 찾아준 점 고맙게 생각하네. 정말 고맙네. 이 빚은 언젠가 내가 꼭 갚음세."

"우리 사이에 이 정도는 당연한 일이 아니겠나? 담아 두지 말게."

반천강은 그의 친구 서문호를 바라보며 흐뭇하게 미소지었다. 항상 냉정하고, 가끔 무정한 말을 툭툭 내뱉기도 하지만 속은 이렇게나 따뜻했던 것이다.

"폐하께도 자네가 있어서 정말 다행이구만. 한시름 놓을 수 있겠어."

"그게 무슨 말인가?"

"이번 기회에 은퇴해서 편히 쉬어 볼까 하네. 그동안 너무 쉼 없이 달려왔으니 이쯤이면 폐하도 이해해 주시겠지."

서문호는 아무 말도 없이 반천강을 내려다보았다.

그러다 심각한 얼굴을 해 보였다.

"은퇴를…… 할 생각인가?"

"그러네."

"어째서? 몸만 회복된다면 복귀는 어렵지 않을 걸세."

반천강은 고개를 저었다.

그리고 자신의 두 손을 내려다보며 말했다.

"이번에 교주를 만나고 나서 확실하게 깨달은 것이 있다네."

"그게 무엇인가?"

반천강은 굳은살이 잔뜩 박여 있는 두 손을 쥐었다 폈다 하며 빙그레 웃었다.

"이제 우리의 시대는 끝났다는 것이지. 시대가 변하고 새로운 시대가 다가오고 있음을 느꼈네. 내가 구시대의 사람이라는 것을 느꼈지."

"……"

"지금도 약간은 떠밀려서 물러나는 느낌이 있지만 그래도 늦지 않았네. 나는 더 늦기 전에 완전히 물러날 생각일세."

서문호의 안색이 흐려졌다.

반천강.

이 강인했던 무인은 지금 진심으로 이런 말을 하고 있었다. 그리고 심지어 반천강은 신뢰감 가득한 시선으로 서문호를 바라보며 말했다.

"자네도 더 늦기 전에 나와 함께했으면 하지만…… 자네는 자네대로 마무리 지을 일들이 많을 테니 너무 재촉하지는 않겠네."

"나는……."

"내 아들을 잘 이끌어 주게. 아직 많이 부족한 아이지만 자네만 믿겠네."

반천강의 아들.

반씨 세가를 이을 그도 당연히 군부에 몸을 담고 있었다.

그를 부탁하는 것이다.

서문호는 어처구니가 없어서 헛웃음이 나왔지만 그것을 억누르며 입을 열었다.

"이건 너무 성급한 결정이 아닌가? 아직 자네의 자리를 대신할 인물은 군부에 없어 보이네만."

"허허, 그건 정말 과한 칭찬이군. 보나 마나 내가 물러나기만 손꼽아 기다리는 놈들이 줄을 서서 기다리고 있을 게야. 나는 어느 정도 몸을 추스르는 대로 폐하를 만나러 갈 생각일세."

"······."

서문호는 무슨 말을 더 하려다가 입을 다물어 버렸다. 반천강의 확고한 결심이 그에게도 전해져 왔던 것이다. 그는 잠시 복잡한 시선으로 반천강을 응시하다가 몸을 일으켰다.

"자네 편한 대로 하시게. 그럼 난 이만 돌아가 보겠네. 쉬게나."

반천강은 서문호가 방을 나서자 뒷머리를 긁적였다.

그의 오랜 친구가 왠지 화가 나 있었던 것 같았기 때문이다.

'내가 갑작스럽게 떠난다는 게 그렇게 서운했던가?'

반천강은 거기까지 생각하고 서문호가 사라진 방문을 보며 미안한 얼굴을 해 보였다.

＊　　＊　　＊

서문호는 후원에 쪼그리고 앉아 훌쩍이고 있는 반유하를 바라보며 입을 열었다.

"들어가 보거라."

"네······."

반유하는 서문호의 눈을 똑바로 바라보지 못하고 예의를 차려 보였다. 그러고는 곧장 반천강이 있는 방을 향해 뛰어갔다.

한동안 그 뒷모습을 지켜보던 서문호는 반씨 세가에서 나오자마자 멀리 떨어져 있는 고급 객잔으로 들어갔다.

그곳의 후원 가장 은밀한 장소에서 서문호는 전윤수와 단둘이 마주하게 되었다.

"별로 좋은 일은 없었던 모양입니다."

전윤수의 말에 서문호가 고개를 끄덕였다. 그리고 최상품의 술을 주문한 후 씁쓸한 얼굴을 해 보였다.

"자네를 우리 쪽에 끌어들여서 벌이려 했던 일이 수포로 돌아가 버렸네."

전윤수는 고개를 끄덕였다.

그 역시 돌아가는 소문을 들었던 것이다.

반천강의 치명적인 부상.

아무리 세가에서 쉬쉬하려 했어도 이미 알 만한 사람들은 다 알고 있는 사실이었다.

'공손천기⋯⋯.'

대단한 녀석이었다.

반천강을 반쯤 폐인으로 만들어 놓은 걸로도 모자라서 정도맹주 일각과 동수를 이루었다고 했다. 일각 역시 한동안 자리에서 일어나지 못할 만큼 치명적인 부상을 당했다고 했으니까.

'어디까지 성장할 셈이냐, 대체⋯⋯.'

감이 오지 않는 녀석이었다.

서문호는 한숨을 푹푹 내쉬다가 술이 들어오자 그것을 잔에 따라 단숨에 들이켰다. 전윤수는 그 맞은편에 앉아서 묵묵하게 빈 술잔을 채워 주었다.

"그토록 원하던 것을 너무도 어이없게 얻어 버리니⋯⋯ 허탈하구만. 이제부터는 뭘 해야 할지도 모르겠네."

전윤수는 고개를 끄덕였다.

서문호는 반천강을 넘어서기 위해서 지난 수십 년 동안 차곡차곡 치밀하게 준비해 왔다. 모두에게 인정받기 위해 긴 시간 동안 이를 악물고 스스로를 담금질했다.

그런데 그것을 본인의 노력이나 힘이 아닌 외부의, 그것 도 너무나 황당한 일을 계기로 얻어 버렸으니⋯⋯.

'허망할 만도 하다.'

전윤수는 서문호의 심정을 이해했다.

그 역시 스승님에게 인정받기 위해 노력해 봤던 경험이 있었으니까.

다만 서문호처럼 억울하지는 않았다.

전심전력으로 노력했고, 부딪친 후 패배했다. 억울함보 다는 본인 스스로의 모자람만을 확실하게 깨닫게 되었다.

전윤수는 거기까지 생각하다가 자신도 모르게 술잔에 술

을 따라 들이켜기 시작했다.

'패배라······.'

시간이 좀 지났지만 바로 어제 일처럼 생생했다.

공손천기.

그 녀석이 움직이는 작은 손동작 하나하나까지 머릿속으로 그려졌으니까. 그리고 그 생생한 기억은 그대로 치명적인 고통으로 다가왔다.

전윤수와 서문호는 그렇게 한동안 아무 말도 없이 술잔에 술을 채워 들이켜기 시작했다.

그렇게 얼마나 술을 마셨을까?

서문호는 탁자에 쌓여 있는 술병들을 보다가 피식 웃었다.

"그래도 자네에게 했던 약속은 유효하네. 비록 자네의 도움은 필요 없어졌지만, 나는 자네가 내 곁에서 한동안 휴식을 취하며 힘을 축적했으면 하네."

"······."

"그러다 충분하다 여겨지면 언제든지 떠나도 좋네. 아니면 아예 머물러도 좋겠지. 나는 자네가 내 진심을 알고도 일을 도와주기로 한 것을 잊지 않았네. 그러니 나 역시 자네를 돕게 해 주게."

전윤수는 술잔을 입으로 가져가다가 내려놓으며 말했다.

"생각할 시간을 주실 수 있겠습니까?"

"물론이네. 자네가 원할 때 언제든지 말해도 되네. 나는 이제 시간이 많아졌거든. 허허허……."

서문호의 헛웃음을 보며 전윤수는 쓴웃음을 그렸다.

그 모습에 서문호가 입을 열었다.

"철부지 계집아이 하나 때문에 내 모든 계획들이 헛된 것이 될 줄은 꿈에도 몰랐네. 정말 사람 일이라는 것은 모르는 걸세."

전윤수도 고개를 끄덕이며 동조하자 서문호가 불쑥 입을 열었다.

"교주는 어떤 사람인가?"

"……."

"반천강…… 그 친구가 교주를 보고나서 완전 사람이 변했더군. 단순히 부상 때문이 아니라 본인 스스로 은퇴를 결심할 줄이야……."

전윤수는 망설였다.

공손천기의 이야기.

그것은 외부에 비밀이기도 했지만, 일단 전윤수 본인으로서도 별로 떠올리고 싶지 않은 기억이었다.

"말하기 어려우면 하지 않아도 되네. 그냥 알고 싶었을 뿐이니 신경 쓰지 말게나."

서문호가 편안한 웃음을 그리며 말하자 전윤수는 고개를

끄덕였다.

역시 말하지 않는 쪽이 좋을 것 같았기 때문이다.

거기까지 마음먹고 술잔을 기울이던 전윤수는 피식 웃어 버렸다.

'나는 언제까지 그 녀석에게 얽매여야 하나?'

공손천기 그 녀석이 과연 대단하긴 대단한 놈인가 보다.

이런 거물인 줄 진즉에 알았더라면 마음이라도 편안했을 것인데…….

그것을 너무 늦게 알아 버렸다.

그동안 전윤수는 본인 스스로와 공손천기를 비교하며 괜한 자격지심에 힘들어했다.

'하지만 이제는 아니다.'

패배는 패배.

인정할 것은 확실히 인정해야 했다.

그래야 그것을 딛고 올라갈 수 있는 법이다.

전윤수는 술잔을 기울이며 헤어지던 날 보았던 공손천기의 얼굴을 떠올렸다.

'다시 만난다면 술이나 한잔하고 싶군.'

그렇게 생각하자 전윤수는 왠지 마음이 편안해졌다.

서문호와 전윤수는 그렇게 특별한 말 없이 술잔을 기울이며 많은 생각들을 했다. 그리고 이튿날 전윤수는 자신의 흑사자들과 마주 앉은 상태로 입을 열었다.

"나는 이대로 서문세가에 갈 생각이다."

"……."

"계획이 약간 어긋나게 되었지만 어차피 결과는 같았겠지. 너희들은 너희들이 알아서 판단해라. 나와 함께 가도 좋고, 아니어도 좋다."

전윤수의 말에 자혁이 제일 먼저 반응했다.

"저는 오로지 주군을 따르겠습니다."

다른 흑사자들도 모두 엎드리며 전윤수와 함께하기를 원했다.

하지만 전윤수는 고개를 저었다.

그리고 제일 먼저 자혁을 바라보며 말했다.

"다른 녀석들은 모르겠지만 너는 나와 함께 갈 수 없다."

"……!"

자혁이 전윤수의 말에 깜짝 놀라 눈을 동그랗게 뜰 때 전윤수가 말을 이었다.

"너에게는 과거의 복수를 해야 할 대상이 있지 않으냐? 애초에 그것을 위해 나를 선택했고, 나에게서 무공까지 배웠다."

"……."

"내 여행은 이제 곧 끝이 난다. 그곳에 가게 된다면 내게 더 이상의 목적은 없겠지. 하나 너는 아니다."

"주군⋯⋯."

자혁이 떨리는 음성으로 입을 열었다.

전윤수가 무엇 때문에 이렇게 말을 하는지 알았던 것이다.

그는 자신에게 선택할 기회를 주고 싶어 했다.

"자혁. 너는 시우 그놈을 용서할 수 있겠느냐?"

"⋯⋯."

자혁은 잠시 생각하다가 결국 무거운 얼굴로 고개를 저었다.

그의 친형, 친혈육을 죽인 자가 바로 시우다.

그것도 그 순간을 코앞에서 두 눈으로 목격했는데 어찌 복수의 마음을 접을 수 있을까?

전윤수 역시 그것을 알았기에 특유의 높낮이가 없는 음성으로 대답했다.

"나와는 달리 아직 너는 해결하지 못한 일이 있다. 솔직히 말리고 싶다만 나는 그럴 수도 없다. 네 마음을 이해하기 때문이다. 그러니 이젠 다른 사람의 길이 아니라 너 스스로의 길을 가라."

"⋯⋯."

자혁은 전윤수의 말에 침묵했다.

더 이상 미뤄 둘 수 없음을 자혁 역시 알았던 것이다. 하지만 이대로라면 더 이상 전윤수의 곁에 머물 수 없는 것이 아닌가. 그것 때문에 자혁이 쉽게 결정을 내리지 못하고 고개를 숙이고만 있자 전윤수가 천천히 걸어가 그의 등에 가볍게 손을 올려놓으며 말했다.

"끝나고 돌아와도 좋다. 나는 너를 내치려 함이 아니다. 단지 너를 허망하게 옭아매고 싶지 않을 뿐이지."

"주군……."

"다녀와라. 가서 세상을 실컷 보고 와라. 이번에는 내가 널 기다려 주마."

자혁은 그 말에 비로소 고개를 들어 전윤수를 바라보았다. 전윤수는 그런 자혁을 바라보며 고개를 끄덕였다.

그렇게 서문세가에는 자혁을 제외한 인원들만 합류하게 되었다.

'기다려라, 시우.'

전윤수를 포함한 모두가 사라지는 광경을 바라보며 자혁은 바닥에 엎드려 절을 했다.

이제는 진짜 철저하게 혼자였다. 누구에게도 의지하지 않고 혼자서 스스로의 길을 가야만 하는 것이다. 그리고 그 길의 시작은 오래된 복수에서부터 출발했다.

第六章

장난감

 타타후는 갑자기 하던 작업을 멈추고 자신의 두 손을 뚫어져라 내려다보았다.

 그 모습에 파순이 고개를 돌려 물었다.

 "무슨 일이냐?"

 "……방금 인간들에게 제 장난감들이 죽었습니다, 왕이시여……."

 "호오?"

 파순은 턱을 쓰다듬으며 흐릿하게 웃었다.

 "과연 공손천기로구나. 그놈이 쉽지 않은 놈이긴 하지. 그래, 어떻더냐? 간접적으로나마 놈을 겪어 본 소감은?"

타타후는 파순의 물음에 눈을 감고 무언가를 되새기다가 곧 놀랍다는 얼굴로 입을 열었다.

"……장난감들이 별다른 저항도 하지 못했습니다. 아무리 제 힘이 약해졌다고 하더라도 고작 인간이 쉽게 상대할 정도는 아니었을 텐데…… 말씀하셨던 대로 제법 강한 인간인 모양입니다."

놀라워하던 타타후가 곧 입맛을 다시며 음험하게 웃었다.

"무척 탐이 나는군요. 그 정도 되는 녀석을 산 채로 잡아먹을 수만 있다면 분명 본체를 이쪽으로 현신시키는 시간이 몇 배나 단축될 텐데……."

타타후는 아쉽다는 듯 말을 하다가 바닥에 널브러져 있는 시신들을 발끝으로 툭툭 찼다.

"이제 이런 엉성한 녀석들로는 더 이상 제대로 된 힘이 모이지 않습니다, 왕이시여."

파순은 고개를 끄덕였다.

그 역시 그동안 산 제물을 먹으면서 어느 정도 힘을 회복했던 것이다.

'이건 별로 고급스러운 방법이 아니라 피하고 싶었지만…….'

지금은 이것저것 따질 시간이 없었다.

파순은 자신의 이마에 조그맣게 돋은 두 개의 뿔을 슬쩍 만지며 웃었다.

그릇이 부서질까 봐 제대로 힘을 모으지 못했는데도 벌써 이 정도였다. 이대로 시간만 넉넉하게 주어진다면 얼마든지 육욕천으로 돌아갈 만한 힘을 얻을 수 있었다.

물론 육욕천으로 돌아가기 전에 공손천기를 비롯한 인간들에게 작은 복수 정도는 확실하게 하고 갈 생각이었다.

'문제는 지금 당장인데…….'

공손천기가 곧장 이리로 다가오고 있는 것은 분명히 부담스러운 일이었다. 그놈은 자신의 실체를 정확하게 파악하고 있었고, 지금과 같은 상태에서 만난다면 충분히 성가실 수 있는 상대였다.

"그럼 공손천기 쪽은 그렇다고 치고, 다른 쪽으로 보낸 장난감은 어찌 되었지?"

다른 쪽.

즉, 백무량에게 보낸 장난감을 말하는 것이었다.

잠시 눈을 감고 무언가를 지켜보던 타타후가 입을 열었다.

"아직 만나지 못한 모양입니다, 왕이시여."

"음…… 그런가."

잠시 턱을 쓰다듬고 있던 파순이 불쑥 입을 열었다.

"아무튼 일단은 시간을 좀 벌어 볼까."

"……."

사실 공손천기 놈들이 무섭지는 않았다.

쫓아오면 죽이면 그뿐이니까.

'단지…….'

염려되는 것은 그 정도로 강한 인간을 죽이려면, 겨우겨우 소환한 타타후 저 녀석이 본신의 힘을 어느 정도 개방해야 한다는 것이다.

'그러다 만약 일이 잘못되어 그릇이 파괴되어 버린다면…… 강제로 육욕천으로 송환되지.'

그런 최악의 경우는 어떻게든 피해야만 했다.

파순은 한참 고민하다 입을 열었다.

"내키지 않지만 지금은 피하는 게 좋겠지. 정도맹 본산으로 이동하자."

타타후는 파순의 말에 얼굴을 찌푸리며 말했다.

"녀석들이 그렇게 강한 인간입니까, 왕이시여. 저는 납득하기 어렵습니다."

"아직은 본신의 힘을 회복하지 못했으니 피하는 거다. 너무 상심할 필요는 없다."

본신의 힘을 회복하지 못했다고 하더라도 인간 따위를 피해서 숨어야 하는 건 아무리 생각해 보아도 역시 내키지 않는 일이었다.

타타후는 그렇게 말하려다가 겨우겨우 참았다.

'왕께서 생각이 있으실 거다.'

그의 왕인 파순은 태고의 마왕이자 근원의 마왕이었다. 세상에 존재하는 모든 악마들은 그에게서부터 비롯한 것이다.

특히나 그들 중에서도 딱 세 명.

타타후를 비롯한 다른 두 명의 군단장들은 무척이나 특별했다. 파순이 그들에게 직접 '이름'을 붙여 줬던 것이다.

그랬기에 그들의 충성심은 상상도 할 수 없을 만큼 깊었다.

"왕의 명령을 따르겠습니다."

"내키지 않겠지만 조금만 더 참아라. 이제 보름 정도만 더 참으면 이 짓도 끝이다. 그때쯤이면 한 녀석을 더 이쪽으로 불러올 수 있으니까."

파순의 말에 공손하게 허리를 숙이고 있던 타타후의 눈에서 빛이 번뜩였다.

"누구를 불러오실 생각이십니까, 왕이시여?"

"지금 분명 한가할 만한 녀석을 불러올 생각이지."

타타후는 파순을 뚫어져라 바라보았다.

그 눈빛에 파순은 피식 웃으며 대답해 주었다.

"파카후. 그 녀석을 부를 생각이다."

"……!"

파카후(破怀吼, 온마).

타타후와 같은 삼군단장의 하나이자 타타후와는 원수처럼 사이가 좋지 않은 이름이다.

둘 다 인간의 감정이나 정신을 조종하는 것을 특기로 삼기 때문이다.

'왜 하필…… 그 녀석을…….'

파카후의 그 이름을 듣는 순간 타타후의 얼굴이 급격하게 흐려졌다. 그 표정을 가만히 지켜보던 파순은 타타후의 어깨를 차분하게 토닥이며 말했다.

"녀석과 너의 사이가 별로인 것은 알고 있다. 고민도 많이 했다만…… 현재로서는 어쩔 수가 없다. 아무래도 파카후 녀석이 성가신 일들을 처리하기에 조금 더 적합할 것 같으니 말이다."

"……알겠습니다."

아쉽지만 어쩔 수 없었다.

왕께서 이렇게 말하는데 개인적인 감정은 넣어 둘 수밖에 없는 것이다. 게다가 확실히 타타후가 생각해도 상대가 인간들이라면 파순의 선택은 옳았다.

"그럼 이제부터 본격적으로 도망을 한번 쳐 볼까?"

"……예."

파순도 처음에는 현재 상황이 불쾌했지만 생각을 바꿔 먹으니 꽤나 기분이 좋아졌다.

모르긴 몰라도 공손천기 녀석은 지금 바짝 몸이 달아올랐을 테니까.

녀석의 안달 난 표정이 떠오르니 제법 나쁘지 않은 기분이었다.

'네가 아무리 날 만나고 싶어도 지금 당장은 만나 줄 생각이 전혀 없다, 애송아.'

시간은 파순의 편이었다.

단순히 타타후 하나만을 이쪽으로 불러들였을 뿐인데 힘의 회복 속도가 두 배나 빨라졌으니까.

'한 녀석만 이곳으로 더 불러 온다면…… 육욕천으로의 귀환은 어렵지가 않겠군.'

보름.

딱 보름이 고비였다.

그때까지만 버틴다면 인간 따위를 두려워할 필요가 전혀 없을 것이다.

파순은 그렇게 자신의 직위, 즉 정도맹주라는 일각의 직위를 활용해서 타타후와 함께 정도맹의 본타가 있는 파운성으로 빠르게 이동하기 시작했다.

백무량은 객잔에 앉아서 술을 먹고 있는 곽운벽을 발견
했다.

굉장히 힘들고 어렵게 곽운벽을 찾아냈는데 정작 당사자
는 무척이나 느긋하고 여유로워 보였다.

때문에 백무량은 불쾌해졌다.

성큼성큼 곽운벽에게 걸어간 백무량은 그의 손목을 확
잡아채며 말했다.

"조용히 할 이야기가 있다."

"어라? 너 살아 있었네?"

"……일단 따라와."

백무량은 심각한 얼굴로 곽운벽을 질질 끌고 객잔의 후
원으로 향했다. 그리고 자신 앞을 막아서는 점원들에게 금
화를 던져 주며 말했다.

"후원에 아무도 들이지 말아 주게."

"무, 물론입니다. 대협."

점원들은 갑작스럽게 생긴 금화에 함지박만 한 웃음을
지으며 굽실거렸고, 백무량은 그들을 뒤로한 채 후원에 있
는 정자로 곽운벽을 끌고 갔다.

"이거 참, 거친 놈이네."

곽운벽이 욱신거리는 손목을 부여잡으며 투덜거렸지만 백무량은 조금도 아랑곳하지 않으며 진지하게 말했다.

"어르신의 상태가 아무래도 수상하다. 네가 진맥을 해 줬으면 좋겠다."

"수상하다라…… 그래도 영 바보는 아니네."

"돌아가서 진맥을 해 줄 수 있겠나?"

곽운벽은 고개를 저었다. 그리고 피식 웃으며 말했다.

"이미 늦었어. 해 보나 마나야."

"……"

백무량의 얼굴이 딱딱하게 굳었다.

그러거나 말거나 곽운벽은 욱신거리는 손목에 가볍게 침을 놔주며 천진난만하게 웃었다.

"사실 나는 네가 죽었을 줄 알았거든. 그런데 용케 멀쩡하게 살아 나왔네."

"……무슨 뜻이지?"

"화경의 고수가 대단하긴 대단하다는 거야. 그 괴물 놈도 손을 못 댄 것을 보면."

곽운벽의 말을 백무량은 정확하게 이해하지 못했다.

그러자 곽운벽은 소매에서 술병 하나를 꺼내 들며 느릿하게 설명해 주었다.

"그때도 말했던 것으로 기억하지만 지금 우리 맹주님 몸속에 틀어박혀 있는 놈이 어마무시한 놈이거든. 과거에 부처님을 타락시키려고 달려들었던 파순이라는 놈이야."

"……파순……."

파순이라는 이름에 백무량은 낮은 신음을 터트렸다.

수행자들을 타락시키는 존재이자 부처님에게까지 덤벼들었다 알려진 마왕의 이름이었던 것이다. 불가에 속한 사람이 아니라고 하더라도 그 이름 정도는 전부 알고 있을 만큼 대단한 존재.

"해결 방법이…… 없는 건가?"

"물론 있지. 왜 없겠어?"

"뭐지?"

곽운벽은 백무량의 질문에 슬쩍 미소 지으며 정자에 기댄 후 하늘을 응시했다. 그리고 자신의 손을 들어 목을 긋는 시늉을 하며 말했다.

"이거지."

"……."

"맹주님을 죽이면 간단히 해결이 돼. 그게 아니면 나로서도 답이 없지."

곽운벽의 말에 백무량의 얼굴은 심각해졌다.

그의 입장에서는 일각에게 직접적으로 손을 댈 수 없었다. 설령 그가 진짜 파순이라는 마왕이라 하더라도 일단 껍데기는 분명히 일각이었으니까.

"어르신을…… 구할 방법은 없는 건가?"

"없어."

"……큰일이군."

백무량이 초조한 얼굴을 해 보이자 곽운벽은 쩝 하고 입맛을 다신 다음 입을 열었다.

"너도 너무 걱정하지 마. 잘 해결될 테니까."

곽운벽의 느긋한 말에 백무량은 얼굴을 찡그렸다.

"어떻게 걱정을 안 할 수가 있지? 네가 너무 태연한 거다. 어르신의 탈을 뒤집어쓰고 그놈이 무슨 짓을 할지, 생각해 봤나?"

일각은 정도맹주였다.

그의 밑에는 무수히 많은 사람들이 있었고, 마왕이 정도맹주라는 자리를 이용해 그 사람들에게 무슨 짓을 해도 전혀 이상하지가 않은 것이다.

백무량이 그런 것들을 떠올리며 화를 내자 곽운벽은 슬쩍 거리를 두며 차분하게 말했다.

"흐음…… 이거 아주 열혈 청년이었구만. 그럼 잠깐만 뭘 좀 보여 줘야겠네."

곽운벽은 말을 하면서 소매에서 작은 대나무 통을 꺼내 들었다. 그리고 거기에서 금색의 대침을 꺼내 보이며 웃었다.

"우리 친구는 이게 뭔 줄 알아?"

"그냥 침이 아닌가?"

"침은 침인데…… 이건 이름이 있지. 주지침(主知鍼)이라는 물건인데, 본래 이 물건은 지상에 존재하는 물건이 아니야. 아주 오래전에 하늘에서 떨어진 운석으로 만들어진 특별한 거거든."

곽운벽은 거기까지만 말하고 빙글빙글 웃었다.

곧장 말해 주지 않고 시간을 끌며 궁금증이 증폭될 수 있도록 유도하는 것이다.

백무량은 그 사실을 알았지만 순순히 질문했다.

밀고 당기기를 하기에는 지금 머릿속이 너무 복잡했기 때문이다.

"……그래서? 어떻게 특별하다는 거지?"

기다리고 있던 질문이 흘러나오자 곽운벽은 금색 대침을 꺼내 가볍게 손가락으로 튕기며 말했다.

"본래 이건 한 쌍으로 만들어진 거지. 여기에 하나 있고 다른 하나는 어디에 있을까? 그리고 이건 왜 한 쌍으로 이루어진 물건일까?"

"나는 지금 너와 수수께끼를 하고 있을 생각이 없다. 그럴 시간도 정신도 없는 상태지. 네가 가장 잘 알고 있을 텐데?"

"……피만 뜨거운 놈인 줄 알았는데 재미도 없는 놈이네, 이거."

곽운벽은 낮게 투덜거린 후 주지침이라는 것을 다시 대나무 통에 집어넣으며 말했다.

"나머지 하나는 우리 맹주님에게 있지."

"……?"

"정확하게는 우리 맹주님 여기에 심어 놨거든, 내가."

곽운벽은 자신의 정수리 부분, 즉 백회혈이라고 하는 인체에서 가장 중요한 혈도를 매만지며 히죽 웃었다.

그 음흉한 웃음에 백무량은 어이없는 표정을 해 보였다.

그제야 조금씩 긴장이 풀린 것이다.

"그게 무슨 역할을 하는지는 모르겠지만 적어도 한 가지는 확실하군. 어르신에게 좋은 건 아니겠지."

"그렇지. 게다가 백회혈에 박은 그 침은 나만 뺄 수 있거든. 지금 내가 들고 있는 이 침으로 뽑아내야 하는데……그 방법은 이제 천하에 나만 알고 있지."

"……지독한 놈."

곽운벽은 백무량의 솔직한 평가에 고개를 끄덕인 후 다시 느긋한 얼굴로 말했다.

"그러니 내가 이렇게 여유로운 거야. 삼 개월만 잘 도망다니면 모두 해결될 문제니까. 네가 걱정할 필요도 없이 모든 게 깔끔하게."

백무량은 그제야 곽운벽이 탱자탱자 놀고 있었던 이유가 이해가 되었다. 그는 가볍게 한숨을 내쉬고 정자에 걸터앉으며 물었다.

"그럼 삼 개월 뒤에 뭐가 어떻게 해결된다는 거지?"

"바보네, 이거. 뭐가 어떻게 되겠어? 머릿속에서 이게 터지는 거지. '퍼엉' 하고."

곽운벽이 주먹을 쥐었다가 빠르게 피며 실실 웃자 백무량은 이 녀석이 정말 제정신인지 의심스러워졌다.

이놈은 사람 목숨을 대체 뭐라고 생각하는 걸까?

의원이라는 놈이 이래도 되는 걸까?

거기까지 생각했을 때, 백무량이 갑자기 모든 생각들을 멈추고 곽운벽에게 빠르게 가까이 다가가 그의 전면을 막아섰다.

"……아무래도 삼 개월을 버티기 힘들지도 모르겠다."

"그게 무슨 소리야?"

백무량은 눈을 가늘게 뜨고 허리춤에 매어져 있는 검집을 매만졌다.

"손님이 왔거든."

그제야 사태를 파악한 곽운벽은 얼굴을 일그러뜨리며 백무량의 뒤에 숨었다. 그리고 정면을 바라보고 투덜거렸다.

"……뭐야? 고작 둘인데?"

"고작이라……."

이놈은 정말 말을 쉽게 하는 놈이었다.

하긴 평범한 사람의 눈에는 보이지 않을 것이다.

방금 전에 이 두 놈이 문 앞을 지키고 있던 점원을 어떻게 죽였는지를.

백무량이 한숨을 내쉬며 그 부분을 설명하려 할 때, 그보다 한발 빨리 곽운벽이 백무량의 소매를 꽉 잡으며 말했다.

"조심해. 저것들 보통 인간이 아니니까."

"……?"

백무량은 잠시 적에게서 눈을 떼고 곽운벽을 놀란 눈으로 바라보았다.

자신도 겨우 알아챈 것을 이 녀석은 대체 어떻게 본 것일까?

평범한 의원이 아닌 것은 알았지만 대체 어떻게?

백무량이 온갖 의문들을 떠올리며 의아한 표정을 짓자 곽운벽이 얼굴을 찡그리며 말했다.

"그 표정은 뭐냐?"

"……아니. 아무것도 아니다."

백무량은 일단 고개를 다시 돌려 적들을 바라보았다.

평범해 보이는 사내 둘.

처음에 백무량은 저놈들이 후원 근방에 올 때까지만 해도 별반 신경을 쓰지 않았다.

'하지만⋯⋯.'

저놈들이 점원들을 죽이기 위해 힘을 뽑아 내는 순간, 백무량은 자신도 모르게 등줄기에서 소름이 쫘악 하고 돋는 것을 느껴야만 했다.

난생처음 느껴보는 흉폭한 기운.

그 정제되지 않은 폭력적인 기운에 몸이 먼저 반응했던 것이다.

"이름이 뭐지?"

"⋯⋯."

"통성명은 필요 없다 이건가?"

벌건 대낮에 암살을 시도하다니, 웃기지도 않았지만 사실 웃을 수도 없었다.

백무량은 천천히 앞으로 걸어갔다.

검집을 매만지며 앞으로 걸어가던 그는 우뚝 멈춰 서며 말했다.

"그러고 보니 그 기운, 그건 맹주님의 몸에서 느껴지던 것과 비슷하군."

"⋯⋯."

사내들은 대답 없이 기운을 끌어모았다.

한 놈은 손끝에 모아서 입술을 달싹거리고 있었고, 다른 한 놈은 주먹에 힘을 모아 백무량에게 달려들었다.

지척까지 덮쳐오는데도 백무량은 아무것도 하지 않고 지켜보고만 있었다.

'대체 뭐하는 거야, 지금?'

곽운벽은 백무량이 가만히 보고만 서 있자 자신도 모르게 입술을 깨물었다.

저 멍청이가 당해 버리면 다음은 바로 자신이었다.

도망쳐야 하나 말아야 하나 갈등하고 있을 때.

백무량이 움직였다.

그는 자신을 덮쳐 오는 검은 기운들을 조금도 두려워하지 않고 정면으로 마주 보았다.

그리고 검을 뽑았다.

사아악—!

검은 뽑혀 나옴과 동시에 한 폭의 그림처럼 화려한 움직임으로 천지사방을 베어 갔다.

검 끝에서 폭발하는 엄청난 강기.

그것들이 하늘을 수놓고 지나가자 그 앞에 남은 것은 한때 사람이었던 것의 조각들뿐이었다.

후두두둑—

백무량은 바닥에 떨어지는 조각들을 바라보며 검집에 검

을 집어넣었다. 그 후 뒤를 돌아보며 말했다.

"나는 이제 곧장 소림으로 갈 생각이다. 소림에서 이 문제에 대한 도움을 요청해 볼 생각이다. 너는 어쩔 생각이지?"

백무량은 정면돌파를 택한 것이다.

그의 말을 가만히 듣고 있던 곽운벽은 바닥에 흩뿌려져 있는 조각들을 바라보며 투덜거렸다.

"……지금 선택의 여지가 있냐, 나한테?"

그 속에 담겨 있는 짜증이 느껴지자 백무량은 슬쩍 웃었다.

이놈들이 그를 쫓아왔는지 아니면 곽운벽을 쫓아왔는지까지는 모른다. 하지만 어찌 되었건 곽운벽에게는 선택의 여지가 없었다.

목숨을 놓고 상황을 저울질할 만큼 어리석지는 않았으니까.

그렇게 그들은 소림사를 향해 움직이기로 결정했다.

*　　　*　　　*

야율소하는 멍한 얼굴로 창밖을 바라보고 있었다.

구야명의 지휘하에 적풍단 병력들이 사막으로 돌아가는 와중에도 그녀는 그들을 따라가지 않았다. 다른 자매들은 어쩔 수 없이 적풍단을 따라갔지만 야율소하만큼은 완강하게 거절하고 중원에 남으려 했다.

그녀는 알았던 것이다.

돌아가 봐야 노예처럼 살게 될 것임을.

그게 패왕이었던 아버지, 사막왕 야율무제가 사라진 뒤 그의 혈육이 겪어야 하는 숙명이었으니까.

"나 이제 어떻게 해야 할까. 그냥 나도 따라갈걸 그랬나……."

그녀는 중원에 아무런 연줄이 없었다.

그랬기에 이곳에서는 평범히 생활하고 살아남는 것 자체가 어려웠다.

중원 사람들은 사막왕 야율무제의 딸인 그녀를 죽이고 싶어 할 게 뻔했으니까. 야율무제가 살아 있었을 때는 그녀에게 두려움이라도 가졌겠지만 지금은 전혀 아니었다.

중원인들 입장에서 그녀는 오랑캐와 다름이 없었다.

"이거라도 좀 드세요."

마야가 따뜻하게 데워진 죽을 내밀었다.

야율소하는 그것을 물끄러미 바라보다가 씁쓸하게 웃어 보였다.

"나 정말 식욕이 없어."

"그래도 억지로라도 드세요. 지금 사흘째 아무것도 안

드셨잖아요."

마야는 야율소하가 더 거절하기 전에 숟가락으로 죽을 떠서 입김을 불어 식혀 주었다.

"드세요."

야율소하는 내키지 않는 기색이었지만 입에 바로 가져다 대는 마야의 강압적인 기세에 어쩔 수 없이 그것을 받아먹었다. 아무런 맛도 느껴지지 않아서 목으로 넘기기도 힘들었다.

하지만 마야의 걱정스러운 시선을 보니 차마 도로 뱉을 수는 없었다.

"……됐지?"

야율소하가 입을 벌려서 다 먹었음을 보여 주자 마야는 고개를 끄덕였다. 그리고 야율소하를 똑바로 응시하며 특유의 차분한 음성으로 입을 열었다.

"다른 공주님들을 안 따라가신 것은 정말 잘하신 겁니다, 주인님. 함께 돌아가셨으면 분명 좋지 않은 결과가 있었을 거예요."

"……여기 있어도 그다지 좋지 않아 보이는데? 그냥 사막으로 돌아가서 지금까지처럼 인형같이 사는 게 더 낫지 않았을까?"

인형 같은 삶.

아무것도 혼자서 할 수 없었고, 무언가 목적을 가져서도
안 되었다.

사막왕 야율무제는 딸들에게 그렇게 철저한 교육을 시켰
던 것이다.

마야도 그 사실을 알았기에 단호한 얼굴로 고개를 저으
며 말했다.

"아니요. 더 이상은 그러지 마세요. 이곳이 그래도 사막
보다는 백배 나아요. 적어도 이곳에서는 본인이 무언가를
선택할 수 있으니까요."

"……."

마야의 말에 야율소하는 고개를 끄덕였다.

그것이 뭐가 되었든 스스로가 무언가를 선택할 수 있다
는 것은 야율소하에게 크나큰 의미가 있었다.

'앞으로는 내가 헤쳐 나가야 해.'

이건 그녀에게 있어서 처음 겪는 일이었다.

누군가가 정해 놓은 길이 아닌 스스로가 만들어 가는 길.

그것은 분명 무섭고도 어렵겠지만 지금까지와는 다른 큰
의미가 있는 삶이 될 것이다.

"그럼 나는 이제 무얼 해야 할까…… 이 좁은 객잔에 언
제까지고 숨어 있을 수는 없잖아?"

야율소하는 거기까지 생각하고 다시 멍한 시선으로 창밖

을 바라보았다.

여기서부터 막히는 것이다.

그리고 그렇게 고민하다 보면 괴롭고 허무해졌다.

마야가 그런 야율소하의 표정을 살펴보다가 무언가를 결심한 얼굴로 자리에서 일어났다. 그리고 얼굴 전체를 가리고 있던 면사를 벗었다.

마야의 그런 돌발적인 행동에 야율소하는 의아한 얼굴을 해 보였다.

그때 마야가 품에서 불쑥 단도를 꺼내 들며 말했다.

"앞으로 주인님에게 걸림돌이 되지 않겠습니다."

"그게…… 갑자기 무슨 소리야?"

"이게 제 의지입니다."

야율소하는 눈을 동그랗게 뜨고 마야를 말리려고 했다. 무슨 짓을 하려는지 몰라도 저런 기세로 칼을 들고 있으니 좋은 의도일 것 같지 않았다.

"하지 마! 제발!"

야율소하가 다급하게 달려들어서 마야에게서 칼을 빼앗으려 할 때, 마야는 뒤로 부드럽게 빠져나가며 들고 있던 칼을 휘둘렀다.

그 모습에 야율소하의 얼굴이 새하얗게 질렸다.

"……!"

허리까지 오던 긴 머리카락이 단번에 잘려 나가 단발로
바뀌었다.

　야율소하는 멍청한 얼굴로 그 모습을 지켜보았다.

　황금빛의 윤기 있는 머리카락.

　그것이 잘려 나가는 모습이 한순간 망막에 맺혔던 것이다.

　"지금 이 머리카락은 이곳에서 너무 눈에 띄니까요. 검
은 머리로 염색을 하겠습니다. 제 용모 때문에 주인님께 피
해를 입히지는 않겠습니다."

　야율소하는 가만히 서서 입을 벙긋거리다가 곧 얼굴을
와락 일그러뜨리며 크게 소리쳤다.

　"……사, 사람 놀래키지 좀 마!"

　"놀라게 해 드려서 죄송합니다."

　마야 특유의 차분한 음성에 야율소하는 숨을 쌕쌕거리며
내쉬다가 곧 바닥에 주저앉아 헐떡거렸다.

　기운이 쭉 빠졌던 것이다.

　사실 야율소하는 방금 전에 마야가 자결을 하려는 줄 알
았다. 그래서 필사적으로 달려들어 그것을 막으려고 했다.

　"……."

　마야는 아무 말도 없이 바닥에 주저앉아 있는 야율소하
를 내려다보다가 천천히 무릎을 굽힌 후, 그녀를 가볍게 안
아 주었다.

"아무 걱정 마세요, 주인님."

"……."

"저는 절대로 도망 안 쳐요."

야율소하는 마야의 말에 어깨를 움찔거렸다.

그러다 자신의 전신을 감싸 주는 마야의 온기를 느끼며 작게 흐느끼듯이 울었다.

"이제 나한테는 마야밖에 없어…… 그러니까 제발 떠나지 마……."

"예, 주인님. 안 떠나요."

사막왕 야율무제의 죽음은 야율소하에게 있어서도 큰 충격이었다. 게다가 그 충격이 채 가시기도 전에 야율주혁이 여자와 함께 도주해 버렸다.

그녀를 지켜 주고 있던 단단한 울타리가 한순간에 모두 사라진 것이다.

"저는 절대 주인님을 안 떠나요. 그러니 염려 마세요."

"응……."

마야는 울먹이는 야율소하를 품에 안은 채 창밖의 하늘을 올려다보았다.

사실 그녀 역시 고민이 많았다.

앞으로의 일들을 생각하면 좋은 것보다 힘들고 어려운 일들이 더 많을 게 확실했으니까.

'내가 강해져야 해.'

야율소하는 너무 어렸다.

그리고 너무 귀하게만 자라왔다.

혼자서 갑작스럽게 모든 일을 해 낼 수가 없는 상태인 것
이다.

'어떻게 해야 하나……'

사실 마야도 앞으로의 미래에 대한 뚜렷한 대책이 있거
나 하지는 않았다. 단지 지금은 우선 야율소하를 보호하고,
조금이라도 기운을 차리게 만들 필요가 있었다.

야율소하는 누가 봐도 분명할 정도로 삶의 의지가 빠르
게 꺾여 가고 있었으니까.

그래서 마야는 일부러 자극을 주기 위해 조금 전과 같은
극단적인 행동을 한 것이다.

'그래도 다행이다.'

어찌 되었건 야율소하는 기운을 차린 것 같았다.

이제부터는 그녀에게 무언가 삶을 계속할 수 있을 만한
뚜렷한 목적을 만들어 줘야만 했다.

'목적……'

여기서부터가 어려웠다.

보통, 사람이라는 동물은 목적이 없으면 마음이 풀어지
고 나태해진다. 하나 지금과 같은 상황의 야율소하라면 오

히려 더 위험했다. 모든 것을 포기하고 세상에서 완전히 숨어 버리려 할 수도 있었으니까.

그래선 곤란했다.

마야는 야율소하를 다독이다가 문득 떠오르는 사람에 순간 복잡한 얼굴을 해 보였다.

'그 사람이라면 어쩌면…….'

중원에서 마야가 알고 있는 유일한 사람.

하지만 그가 자신들을 도와줄 것이라는 보장은 어디에도 없었다.

오히려 더 힘들게 될지도 모른다.

'그래도 지금 당장의 목적으로 삼기에는 그보다 좋은 사람은 없다.'

이대로 숨어서, 단지 살아가는 것만이 목적이 되어선 안 된다. 그럴 바에는 차라리 사막으로 돌아가는 게 나을 수도 있다.

'비록 노예의 삶이겠지만…….'

단순히 삶을 연명하는 것이 목적이라면 사막이 확실하니까. 하지만 그래서는 기껏 힘들게 중원에 남아 있는 의미가 없어진다.

'선택을 하는 거야.'

그리고 그것에 대한 책임을 지면 되는 것이다.

마야는 울고 있는 야율소하에게 조심스럽게 입을 열었다.

"누구를 좀 만나러 가요, 우리."

"누구?"

"지금 당장은 주인님을 힘들게 할 수도 있지만, 반대로 편하게 해 줄 수도 있는 사람."

야율소하는 마야를 올려다보며 고개를 갸웃거렸다.

그녀들은 중원에 아는 사람이 없었던 것이다.

아무런 연줄이 없었으니까.

그런 야율소하를 내려다보며 마야는 누군가의 이름을 말했다.

"공손천기, 그를 만나러 가요."

"……!"

"그는 천마신교의 교주. 분명 우리에게 새로운 기회를 줄 수 있는 사람입니다."

야율소하는 순간 멍한 얼굴을 해 보였다.

공손천기, 그의 오만한 얼굴을 떠올리자 그동안 불안정했던 마음들이 걷히고 새로운 희망이 생겼기 때문이다.

야율소하는 마야의 두 손을 꽉 부여잡으며 눈을 반짝였다.

"그래, 맞아. 천마신교에 가서 그 건방진 자식을 꼬셔 버리는 거야."

"······!"

"그러고 보니까 그놈만 꼬시면 돼. 그럼 만사해결이지."

"······저는 그런 뜻으로 이야기한 것이······."

이번에는 마야가 크게 당황했다.

공손천기를 만나는 것은 어떤 기회나 새로운 변화를 위해서였지 저런 목적을 위해서가 아니었던 것이다. 하지만 마야의 당황과는 별개로 야율소하는 이미 그쪽으로 결심을 한 모양이었다.

"나 배고프다, 마야. 죽 같은 거 말고 고기 먹자, 고기."

"······며칠 굶으셨으니 소화가 잘 되는 음식을 드셔야 합니다. 안 그러면 위가 놀라요."

"그럼 우리 소화 잘 되는 고기 먹자, 고기. 응?"

"······."

잠시 머릿속으로 여러 가지 것들이 스쳐 지나갔지만 마야는 피식 웃으며 고개를 끄덕였다.

'당장은······ 이대로가 좋겠지.'

무언가 기대했던 것과는 조금 다른 방식으로 삶의 의욕을 찾은 것 같아서 걱정스러웠지만, 이건 나중에 차차 변할 수도 있는 부분이었다.

마야는 다시 면사를 쓰고 바깥에 나가 음식들을 주문해

서 가져오며 자신도 모르게 미소 지었다.

'공손천기……'

어찌 되었건 강렬한 기억이 남아 있는 사내.

조금은 엉뚱하지만 과거에도 자신만의 확실한 길을 정했던 사내였다.

과거에 보았을 때는 조금 앳되어 보였지만 지금은 분명 그때보다 더 성장했을 것이다.

그가 어떻게 변했을지 마야도 내심 기대가 되었다.

*　　*　　*

공손천기는 야밤에 자신을 찾아온 삼백 명의 고수들을 내려다보았다.

"특별무력대의 대장, 심덕훈이 교주님을 뵙니다."

"사형이 보내서 왔다고? 진짜?"

"……그렇습니다, 교주님."

달밤에 엎드려 있는 삼백 명의 고수들은 그동안 억눌러 놓았던 마기를 마음껏 풍겨 대며 자신들의 주인 앞에서 예를 갖췄다.

그 패기만만한 모습을 내려다보며 공손천기는 히죽 웃었다.

"이거 사형이…… 오랜만에 밥값을 했구나. 그동안 공짜 밥을 먹인 보람이 있다."

정말 상당히 큰 도움이 되었다.

너무도 적절하게 지원 병력이 도착한 것이다.

게다가 제법 엄선해서 보낸 정예들이었다.

삼백 명 전원이 절정 고수들이었으니까.

"이 정도라면 사천 지부 정도는 하룻밤 사이에 박살 낼 수 있겠다."

"물론입니다, 주군."

시우도 한껏 들뜬 얼굴이었다.

이미 한 명도 보기 어렵다는 화경의 고수가 무려 둘이나 있었다. 거기에다가 이 정도의 막강한 정예 병력이 더해진 다면 사천 지부가 아니라 어지간한 대문파도 하룻밤 사이에 지워 버릴 수 있었다.

"고민이 사라지게 만들어 주셨네요. 주군께서 없는 동안 신나게 놀고먹고 있을 거라고만 생각했는데…… 제 생각이 짧았습니다. 사과드리겠습니다."

"아니…… 솔직히 나도 그렇게 생각했으니 너를 탓할 수 는 없다."

공손천기가 일각의 뒤를 쫓으면서 가장 염려했던 것은 바로 정도맹 고수들의 습격이었다.

여태까지야 이쪽의 전력을 제대로 몰라서 그냥 당했겠지만 이제부터는 아닐게 분명했으니까.

"하지만……."

지금부터는 상대가 무슨 대비를 어떻게 했든 상관없었다. 이 정도면 어지간한 정도는 힘으로 찍어 누를 수 있을 정도의 압도적인 무력이었으니까.

공손천기가 그렇게 계산을 하고 있을 때, 멀찍한 곳에서 특이하게 생긴 쇠붙이를 들여다보고 있던 초위명이 입을 열었다.

"어이, 거기 기분 좋은 와중에 미안한데, 우리 잠깐 이야기 좀 할까? 제법 중요한 일이거든."

공손천기는 초위명의 말에 흔쾌히 고개를 끄덕였다.

보통이라면 핀잔을 던졌겠지만 지금은 아니었다.

초위명의 말처럼 공손천기는 지금 기분이 무척 좋았던 것이다.

"무슨 일인데?"

"너 이게 뭔 줄 알지?"

공손천기는 초위명이 가리키는 손가락을 따라서 둥근 쇠붙이를 들여다보았다.

둥근 쇠붙이.

정확하게는 황동으로 만든 음양반(陰陽盤, 주술에 필요한 도구)이라 불리는 물건이었다.

"음양반이 뭐? 좀 특이하게 만든 거긴 하네."

"내가 본래의 음양반을 좀 개조해서 특별하게 만든 건데…… 아무튼 긴 설명은 됐고, 여기 이쪽에 까만 점이 보이지?"

"응. 보여."

"그게 지금 파순이 있는 곳을 향하게 만들어 놓은 거다."

초위명의 간단한 설명을 듣고 이 음양반의 쓰임새를 알아차린 공손천기였다. 다시 한 번 천천히 음양반을 응시하던 공손천기는 서서히 얼굴에서 웃음기를 지워 갔다.

"응?"

공손천기는 눈을 깜빡이다가 곧 두 손으로 음양반을 붙잡아 들고 이리저리 둘러보더니 표정을 와락 일그러뜨리며 말했다.

"영감, 지금 나랑 장난해? 이게 왜 이쪽에 있어?"

"애송아, 내가 너랑 장난할 정도로 한가해 보이냐? 안 그래도 그거 때문에 널 부른 거 아니냐."

공손천기의 얼굴이 천천히 일그러지자 초위명이 재빠르게 말했다.

"혹시나 해서 하는 말이지만 그 물건은 정확하다. 절대로 틀릴 리가 없지."

"……다시 한 번 확인해 봐. 고장 난 거 같으니까."

초위명은 공손천기의 일그러진 얼굴을 응시하다가 비웃으며 말했다.

"너도 알 텐데? 내가 고작 이런 하찮은 거에 실수할 몸으로 보이더냐?"

"……."

공손천기도 알고 있었다.

초위명 이 인간은 정말 마음에 안 들고, 당장이라도 때려죽이고 싶은 부류의 인간이지만 적어도 술법에서만큼은 자신보다 한 수 위라는 사실을.

그 부분은 내심 인정하고 있었던 것이다.

"네놈도 이제 봐서 알았겠지만 파순, 그 망할 놈은 지금 도망을 치고 있다. 그러니 니가 저 꼬맹이들을 다 끌고 사천 지부에 가 봤자 헛수고라는 말이다."

"……."

믿고 싶지 않았다.

마왕 파순, 그 오만방자한 놈이 고작 인간들을 상대로 도망을 친다?

너무 어이가 없어서 헛웃음이 나올 일이었다.

'그것보다 더 큰 문제는…….'

지금 그놈이 도망치는 방향에 있었다.

놈은 교활하게도 정도맹의 세력이 가장 강한 곳.

즉 섬서성과 하남성의 중간, 파운성에 있는 정도맹 총본타를 향해 빠르게 이동하고 있었던 것이다.

저곳까지 쫓아 들어가게 되면 일은 걷잡을 수 없을 정도로 커지게 된다.

정마대전이 벌어질 수도 있는 것이다.

'선택을 하라 이거지, 지금⋯⋯.'

파순은 지금 공손천기에게 포기를 강요하고 있었다.

지금 놈을 쫓아가 죽이려면 엄청난 희생을 각오해야만 하는 것이다.

'너는 사람을 잘못 판단했다, 파순.'

공손천기는 음양반을 초위명에게 건네주며 피식 웃었다. 그리고 자신만 바라보고 있는 병력들에게 말했다.

"방향을 바꾼다. 이제부터 우리는 전력으로 파운성을 향해 움직인다."

"⋯⋯!"

모두의 얼굴에 경악이 떠오르고 시우가 당황한 얼굴로 입을 열었다.

"그⋯⋯ 설마 정도맹 총타가 있는 파운성⋯⋯ 말이십니까, 주군? 하하하⋯⋯."

"그래. 거기 말고 다른 파운성도 있었냐?"

"……."

제발 다른 파운성도 있기를 바라면서 물어본 질문이었기에 시우는 입을 다물었다. 그러다 어색하게 웃으며 말했다.

"이대로 곧장 정마대전을 하기엔 너무 조촐한 병력입니다, 주군. 하하하……?"

분명 조금 전까지만 해도 기세등등했던 시우였지만 그것도 한계가 있었다.

정도맹 전체와 맞서 싸운다고 가정한다면 지금 정도의 무력은 정말 소풍 나온 수준의 병력이었으니까.

"누가 정마대전을 하재? 우리의 목표는 똑같다. 일각, 그 까까머리를 때려잡는 거. 그거 하나만 생각해."

그게 그 말이지 않나?

파운성에 있는 일각을 때려잡자는 말이 정마대전을 하자는 말과 대체 뭐가 다른 것일까?

시우는 복잡한 표정으로 무언가 말을 하려다가 다물었다.

공손천기가 마차 안에 들어가면서 던진 말 때문이었다.

"그러니까 정마대전 하기 싫으면 최대한 빨리 일각을 따라잡으면 돼. 서둘러라."

시우는 고개를 끄덕였다.

공손천기의 말이 맞았던 것이다.

어차피 공손천기는 설득을 한다고 해서 들어 먹을 인간이 아니었다. 그렇다면 지금은 최선을 다해서 일각을 따라잡는 수밖에 없었다.

갑작스럽게 합류한 병력들도 서둘러 말에 올라탔고, 그들은 지금까지보다 족히 두 배는 빠르게 이동하기 시작했다.

第七章

구룡대

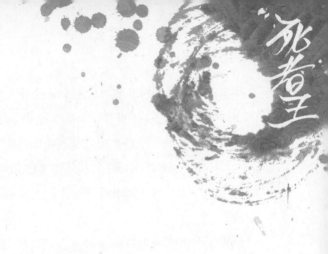

"대체 맹주님은 무슨 생각이신 거요?"

"……모르겠소이다."

"일이 이 지경이 될 때까지 대체 뭘 한 겁니까?"

정도맹의 수뇌부.

그들은 지금 천마신교의 뜬금없는 움직임에 적잖이 당황하고 있었다.

소수의 정예로만 이루어진 부대가 이리저리 휘젓고 다니니 대책이 없는 것이다.

"물량으로 밀어붙이기에도 한계가 있소이다. 화경의 고수가 무려 두 명이오. 두 명."

화경의 고수가 하나만 있어도 단순히 숫자로 밀어붙이는 게 버거운 법이다. 그런 화경의 고수가 둘이나 있었다.

게다가 절정 고수가 삼백 명이 넘는다고 한다.

"다른 거야 그렇다 치더라도 새로 합류한 고수들은 대체 어떻게 된 거요? 이건 개방의 정보에 구멍이 생긴 거 아니외까?"

하북팽가 가주 팽문도의 노골적인 지적에 개방의 방주 용두개가 불편한 얼굴을 해 보였다.

"서른 명 이하의 인원으로 따로따로 흩어져서 다니다가 뭉친 모양인데…… 그런 것까지 하나하나 어떻게 다 잡아낸다는 거요? 팽가에서 할 수 있다면 한번 해 보시구려."

용두개의 말에 팽문도는 얼굴을 찡그리며 말했다.

"인원이 그렇게 많으면서 그거 하나 못 잡아내 놓고 큰소리치는 거요, 지금?"

용두개가 욱해서 뭐라고 하려다가 깊은 한숨을 내쉬며 한 번 참고 말했다.

"우리 개방의 거지들이 비록 인원이 많다고 해 봐야 정말 쓸 만한 놈들은 가뭄에 콩 나듯이 드문드문 나오는 법이오. 그런 놈들로 천하 전체를 완벽하게 감시하는 것은 역부족이외다. 게다가 이번처럼 마교답지 않은 방식을 사용하면…… 이런 쪽으로 경험이 적다 보니 찾아내는 건 거의 불가능한 법이오."

용두개가 한 번 참았다는 것을 눈치챈 것인지 팽문도도 더 이상 그를 탓하지 않았다.

팽문도도 알았던 것이다.

더 이상 자기들끼리 싸워 봐야 남는 것이 없다는 것을.

지금은 벌어진 일을 수습하는 것이 급선무였다.

"게다가 문제는 또 있소. 현재 교주가 어느 정도의 경지까지 도달했는지는 알려진 바가 없다는 거요. 그의 무력을 측량할 수가 없소."

화산파의 장문인 적엽 진인이 무거운 음성으로 입을 열자 모두가 고개를 끄덕였다.

사실 저것이 가장 걱정되는 부분이었다.

"만약 소문처럼 교주가 정말 맹주님과 동수를 이룰 정도의 고수라면…… 사실 본 맹에서 단신으로 교주를 막을 수 있는 고수는 없다고 봐도 되오."

정도맹주 일각.

그는 악중패를 제외하면 현재 천하에서 가장 강력하다고 알려져 있었다. 교주 공손천기가 그런 고수와 동급이라면 사실 머릿수로는 어떻게 하기가 쉽지 않았던 것이다.

그래서 정도맹 수뇌부의 고민은 깊어졌다.

너무 많은 병력이 움직이면 그건 그것대로 천하에 부끄

럽고, 그렇다고 너무 적게 움직이면 도리어 교주에게 박살 날 위험이 있었다.

모두가 그것 때문에 깊은 고민에 잠겨 있을 때, 용두개가 조심스럽게 입을 열었다.

"그리고 사실 이 문제 말고, 조금 성격이 다른 안건이 있소."

"지금 이것보다 시급한 문제요?"

"거의 비슷하다고 생각되오."

용두개의 대답에 적엽 진인의 얼굴이 눈에 띄게 어두워졌다.

한 가지 문제만으로도 힘든데 또 다른 문제가 있다고 하니 벌써부터 한숨이 새어 나오는 것이다.

"말해 보시오, 용두개 방주."

용두개는 모두의 따가운 시선을 받으며 작게 헛기침을 했다. 그리고 조심스럽게 입을 열었다.

"일전에 마교의 놈들을 기습하기 위해 사천 지부 소속의 고수들이 쳐들어간 것을 다들 기억하실 거요."

"기억하오."

삼백 명이 넘는 인원으로 쳐들어갔다가 단 삼십 명에게 일방적으로 박살이 난 사건이었다.

기억하지 못할 리가 없다.

"거기서 살아온 생존자들이 모두가 공통적으로 이상한 주장을 했소."

용두개는 여기서 말을 끊고 잠시 눈앞에 있는 차를 마셨다.

그 미적거리는 행동에 모두가 답답해할 때, 대표격으로 팽문도가 버럭 그를 채근했다.

"그만 뜸들이고 빨리 말하시오, 방주."

"험험, 알겠소."

용두개는 모두를 한 번 스윽 둘러보며 낮게 말했다.

"그때 습격해 들어갔던 우리 쪽 고수들 중에서 강시가 있었다고 합디다."

"……강시……?"

"그렇소, 강시. 죽여도 죽지 않는 불사의 괴물 말이오."

모두의 얼굴에 황당함이 떠올랐다.

과거에 강시라는 것을 사용한 쪽은 마교나 혈교였다.

그나마도 그때 만들어진 강시들은 제대로 된 고수들 앞에서는 별다른 힘을 못 썼기에 금세 명맥이 끊어졌다.

"마교가 아니라 우리 쪽에서 강시가 나왔다고 했소? 생존자들이?"

그때까지 가만히 듣고만 있던 남궁세가의 가주 남궁효가 질문하자 용두개가 고개를 끄덕였다.

"그렇소. 나도 이게 너무 황당한 주장이라 몇 번이고 확인했는데 분명히 마교 쪽이 아니라 우리 쪽에서 강시가 나왔다고 했소."

"그게 무슨 말도 안 되는 개소리란 말이오! 그것이야말로 마교의 개수작에 놀아난 것이 아니오?"

모두가 분노하며 용두개를 핍박하고 있을 와중에도 무당파의 장문인 무호 진인, 오직 그만이 조용히 침묵을 지키고 있었다. 그는 아까부터 단 한 마디도 하지 않은 채 고고한 학처럼 회의장에 앉아 있었고, 용두개는 모두에게 욕을 먹다가 그런 무호 진인을 신기하다는 얼굴로 바라보았다.

"그나저나 우리 무당파 장문인께서는 의외로 되게 침착하시구랴. 보통 이런 소리를 들으면 뭔가 반응이 있기 마련인데 전혀 없으니 무척 신기하오."

무호 진인은 용두개의 물음에 별다른 대답 없이 자신의 앞에 있는 찻잔을 입으로 가져갔다.

그리고 그것으로 적당히 입을 축인 후 담담하게 말했다.

"알고 있는 일이었소이다."

"……그게 무슨 말이오?"

"미리 관련 있는 이야기를 들어 알고 있었다는 말이외다."

"그러니까 무엇을 미리 들었다는 말이신지?"

무호 진인은 용두개를 똑바로 바라보며 희미하게 웃었

다. 그리고 작게 말했다.

"강시에 대한 것. 그것과 연관 있는 이야기를 이미 알고 있었소이다. 그러니 알면서 놀랄 척할 수는 없었소이다."

용두개는 무호 진인의 대답에 얼굴을 찡그려 보였다.

이 정보는 자신도 겨우 알아낸 것이다.

단순히 알아낸 데에서 그치지 않고 몇 번이나 직접 가서 확인까지 한 고급 정보.

그런데 그걸 대체 어떻게 미리 알고 있었을까?

괜한 허세라고 보기에는 저 표정이나 여유가 도저히 꾸며 낸 것 같지가 않았다.

그 낌새를 눈치챈 것인지 무호 진인이 말을 이었다.

"본 문의 제자가 우연하게 범인을 알아낸 모양이외다. 그래서 그 문제를 해결하기 위해 직접 발 빠르게 움직이고 있소이다."

"무량수불…… 하면 무당파 장문인의 말은, 정말 우리 정도맹 쪽에 강시를 만든 범인이 있다는 말이외까?"

듣고만 있던 적엽 진인의 날카로운 질문에 무호 진인은 잠시 멈칫했다가 선선히 고개를 끄덕였다. 그러자 모두의 얼굴에 당혹스러움이 떠올랐다.

무당파의 영향력은 정도맹에서 결코 작지 않았다.

그런데 저렇게 쉽게 긍정한다는 것은 그만한 확신이 있

다는 말이 아닌가?

"대, 대체 범인이 누구외까? 강시라는 사특한 괴물을 만드는 사람이?"

팽문도의 질문에 무호 진인은 빙그레 웃으며 고개를 저었다.

"아직은 밝힐 수 없소이다. 모든 것은 조사가 끝난 다음에 밝히도록 하겠소."

"그게 무슨 소리요? 다른 사람들은 몰라도 적어도 나는 알아야겠소."

용두개가 자리에서 벌떡 일어나며 큰 소리로 말하자 팽문도를 비롯해서 모두가 무호 진인을 압박해 가기 시작했다.

결국 무호 진인은 가벼운 한숨을 내쉬며 말했다.

"직접적인 것은 말해 줄 수 없소. 제자가 나서서 처리하고 있는 일을 나도 문서로만 전해 받았을 뿐이외다. 그리고 공교롭게도 조금 전 제자가 언급했던 일과 연관되어 있는 일이 거론되어서 알았을 뿐이외다."

"……그 제자라는 녀석이 대체 누구요? 무당파의 장문인께서 그렇게 믿을 만한 녀석이오?"

무호 진인은 용두개의 질문에 망설임도 없이 고개를 끄덕였다. 그리고 용두개를 바라보며 말했다.

"이번 일을 도맡아서 처리하고 있는 녀석은 내가 직접 키운 제자이고, 차후 나를 대신해 본 파를 이끌고 나갈 미래외다. 그런 녀석을 믿지 않으면 내가 대체 누굴 믿어야겠소?"

"……!"

모두의 얼굴에 놀람이 떠올랐다.

무당파에서 이렇게 직접적으로 후계자를 언급한 것은 처음이었기 때문이다.

"대, 대체 누구요?"

"그대는 이미 알고 있지 않소? 본인이 직접 공증인까지 자처해 가면서 비무를 관전하지 않았소이까, 방주?"

공증인이라는 단어가 나오자 용두개의 머리에도 떠오르는 무당파의 제자가 있었다.

과거 절대십객의 한 명이자 낭인제일검이라 불린 구류마객과 비무를 해서 이긴 무당파의 젊은 검객이 있었던 것이다.

"……설마 저번에 보았던 백무량이라는 아이를 말하는 거요? 하, 하지만 그 아이는 분명 직전제자가 아니라고 하지 않았소이까? 무당파의 속가제자가 어떻게 후계자가 될 수 있다는 말이오?"

무당파는 대단히 폐쇄적인 문파였다. 그런 곳에서 속가제자가 장문인이 된다는 것은 있을 수가 없는 일이다.

"그 문제도 이번 일을 끝내면 해결될 것이외다. 이번 일로 충분히 직전제자가 될 수 있는 명분을 얻을 것이오."

그 말을 끝으로 무호 진인은 다시 입을 다물었다.

그는 백무량에게 받은 편지를 머릿속에 떠올리며 눈을 감아 버렸다.

백무량은 일각이 마왕 파순이라 말해 주었고, 자신은 그것을 정면으로 돌파하기 위해 소림으로 간다고 했다.

'쉽지는 않을 것이다, 제자야⋯⋯.'

세상의 어느 문파가 자신들의 수장이 마왕이라고 쉽게 인정하겠는가?

백무량은 소림사에 찾아가 대체 어떻게 그들을 설득할 속셈일까?

무척이나 어렵고, 힘든 일이 될 것이 뻔했다.

'하지만 나는 너를 믿는다.'

무호 진인은 백무량을 떠올리며 속으로 흐뭇하게 웃었다.

자신의 무공을 이어받고, 이미 오래전에 그를 뛰어넘은 제자.

말 그대로 청출어람(靑出於藍)인 것이다.

그렇게 침묵하고 있는 무호 진인을 뒤로하고 정도맹의 수뇌부들은 다시 마교의 저지 방법에 대해서 격렬하게 토의하기 시작했다.

결론이 나온 것은 그때부터 반나절이 더 지나간 이후였다.

*   *   *

가뢰호.

그는 정도맹에서 정도맹주 일각을 지키는 호위대인 구룡대(九龍隊)의 대주였다.

한데 이게 사실상 의미가 무색한 것이, 그동안 일각은 딱히 구룡대를 데리고 다닌 적이 없었다. 일각 정도의 고수는 호위대가 딱히 필요하지 않았던 것이다.

오히려 그는 혼자 움직이는 걸 더 편안해했고, 사람이 많은 것을 싫어했다. 그래서 구룡대의 고수들은 정도맹주 직속 무력 부대임에도 불구하고 빈둥빈둥 놀기를 밥 먹듯이 했다. 그랬기에 그들의 하루 목표는 점점 단순해져 갔다.

어떻게 하면 하루하루를 알차고 재미있게 노는가?

유익하고 보람찬 유흥거리를 찾는 것.

그것이 바로 구룡대원들의 최대 고민거리였다.

"……소집 명령이 떨어졌다."

가뢰호는 자신에게 오랜만에 날아온 명령서를 보며 살짝 귀찮은 얼굴을 해 보였다.

왜 갑자기 수뇌부 영감님들이 소집 명령을 내린 걸까?

이유는 알 수 없었지만 어찌 되었건 명령서는 내려왔다.

"대주님. 오늘은 만향루에서 아주 중요한 친목회가 있다고 하지 않으셨습니까?"

"그랬지. 우리 하남성을 이끌고 있는 유지분들과의 아주 중요한 친목회지. 나는 바쁜 맹주님을 대신해서 그들을 위로해 줘야 하는 법이니까."

말이 친목이지 사실상 기녀들을 끼고 노는 그런 모임이었다. 물론 뒷돈을 받고 그들의 사소한 편의를 봐주는 것은 일종의 덤이다.

"……빠져도 괜찮으신 겁니까?"

"……."

가뢰호는 곧장 대답하지 않고 잠시 슬픈 눈으로 대원들을 응시했다.

그 역시 목돈이 들어오는 일을 빠지고 싶지 않았다.

하지만 어쩌겠나?

그는 우수에 젖은 눈으로 창밖을 바라보며 입을 열었다.

"나라고 별수 있겠느냐? 우리의 대장님께서 오신다는데 잘리지 않으려면 반갑게 맞이해야지. 게다가 영감님들이 우리더러 전 병력을 이끌고 직접 마중 나가라는데?"

"예? 직접 마중이라고 하셨습니까, 대주님?"

"그래. 그것도 전 병력을 이끌고 나가란다."

순간 구룡대원들의 얼굴에 당혹스러움이 떠올랐다.

여태껏 단 한 번도 이런 적이 없었던 것이다.

이렇게 일각이 갑작스럽게 정도맹으로 복귀하는 것도 신경 쓰이는 일인데 대규모로 마중을 나가라니?

'왜 갑자기 하지도 않던 짓을 하는 거야? 늙은이들이 모두 노망이라도 난 건가?'

모두의 얼굴에 같은 불만이 떠올랐지만 차마 입 밖으로 내뱉지는 못했다.

그들도 아는 것이다.

그들이 이렇게 탱자탱자 편하게 놀고먹을 수 있는 이유가 정도맹주 덕분인 것을.

"알아들었으면 반 시진 내로 자리에 없는 놈들 전부다 불러와라. 간만에 일이나 하러 가자."

"저…… 그게 대주님, 반 시진 만에 전부 소집하는 건 불가능할 것 같습니다."

부대주 주상명이 뒷머리를 긁적이며 난감한 얼굴을 하자 가뢰호는 잠시 멈칫했다. 그리고 미안한 얼굴로 고개를 끄덕였다.

"……하긴 내가 무리한 주문을 하긴 했지. 우리 애들을 너무 과소평가했구나. 그럼 반나절이면 되겠지?"

가뢰호가 말하자 그제야 주상명은 밝게 웃으며 고개를 끄덕였다.

"헤헤, 그 정도면 가능할 것 같습니다, 대주님."

"좋아. 그럼 반나절 후에 출발할 테니 다들 준비해."

가뢰호는 그렇게 반나절을 기다려 모든 대원들을 불러 모은 후 길을 나섰다.

출발할 때 거의 대부분이 술에 쩔어 있거나 피곤한 기색이 역력했지만 가뢰호는 크게 신경 쓰지 않았다.

어차피 이곳은 정도맹의 영역, 그중에서도 심장부인 곳이었기 때문이다.

'미치지 않은 이상 이런 곳에서 우리에게 시비 걸 놈들은 없다.'

그랬기에 그들은 느긋하게 정도맹주 일각을 마중하기 위해 말을 몰아가기 시작했다.

그렇게 이틀이 지났을까?

명령서를 살펴보고 있던 주상명이 떨리는 음성으로 입을 열었다.

"대주님, 혹시 명령서의 뒷장은 읽어 보셨습니까?"

"응? 아니, 귀찮아서 안 읽었지. 왜? 뭐 중요한 이야기라도 써 있나?"

"마, 마교놈들이 이곳으로 곧장 오고 있다고 합니다."

부대주 주상명이 놀란 음성으로 말하자 가뢰호는 그를 바라보며 눈을 끔뻑거리다가 피식 웃었다. 그리고 주상명의 어깨를 찰싹 쳤다.

"푸핫! 자네 어디서 그런 재미없는 농담을 배워 온 건가? 마교가 여기까지 온다고?"

여기가 어디던가?

하남성과 섬서성의 중간에 위치한 파운성이 아닌가?

정도맹의 영역 최중심지에 마교라니?

"자네가 만약 흑월회가 습격해 온다고 하면 내가 한 번쯤 속아 주는 척을 해 주려 했는데 마교는 너무 갔지. 안 그러냐?"

가뢰호가 뒤를 바라보며 대원들에게 동의를 구하자 모두가 미소를 그리며 고개를 끄덕였다.

"부대주님, 이번 것은 조금 너무하셨습니다."

"그렇습니다. 마교라니요. 하하……."

주상명은 모두의 비웃음에 붉어진 얼굴로 문서를 몇 번이나 읽은 후 한숨을 내쉬었다.

"저도 농담이면 좋겠습니다."

가뢰호는 자신에게 내미는 명령서 뒷장을 받아 들고는 살짝 떨떠름한 얼굴을 해 보였다.

주상명이 너무도 심각한 표정을 짓고 있었던 것이다.

"이거 부대주 연기력이 상상 이상이군. 경극 배우를 해도 되겠어."

"······일단 읽어 보십시오, 대주님."

가뢰호는 주상명이 건넨 문서를 말 위에서 천천히 읽기 시작했다. 그러다 그도 서서히 입가에 그리고 있던 미소를 지워 갔다.

"······대주님?"

구룡대원들의 얼굴에는 그때까지도 미소가 떠올라 있었다. 절대 그럴 리가 없다고 여겼던 탓이다.

'장난이 심하시네.'

부대주님에 이어서 대주님까지 이런 몹쓸 장난을 하다니. 대체 어디까지 장단을 맞춰 줘야 하는 걸까?

모두가 그런 생각을 하고 있을 때.

"······이제부터 다들 속도를 높인다. 맹주님이 위험할 수 있다."

가뢰호가 문서를 내려놓고 웃음기 없는 얼굴로 말하자 그제야 대원들의 얼굴에 하나둘, 긴장감이 떠오르기 시작했다.

그들은 가뢰호가 들고 있는 명령서를 힐긋거렸다.

그때까지도 믿기 어려웠던 것이다.

가뢰호는 그들의 불신을 이해했기에 고개를 끄덕였다. 오죽하면 직접 명령서를 읽은 자신도 믿기 힘든 판이었으니까.

그는 명령서를 모두에게 보여 주며 말했다.

"이제부터는 실전이다. 다들 목숨을 걸어야 하는 거다."

"……."

명령서에 적혀 있는 내용은 진정 경악스러웠다.

마교의 교주가 직접 정예 병력을 이끌고 맹주를 추격하고 있다는 사실이었다.

'마교는 지금 진심으로 맹주를 죽이려 하고 있다.'

교주는 어떤 놈일까?

대체 어떤 미친놈이기에 이렇게까지 무모할 수 있을까?

정도맹의 본거지에서 이런 난동을 피우다니?

가뢰호는 머릿속으로 오만가지 생각들을 정리하며 말의 속도를 높였다. 그렇게 서서히 강호에 긴장감이 높아져 가고 있었다.

第八章
반로환동

마제석.

그는 현재 공석인 정도맹 사천 지부의 지부장 대리를 맡고 있었다. 동시에 정도맹주 일각의 파운성 복귀를 책임지고 있는 책임자이기도 했다.

"또 인원이 빈다고?"

"……예, 지부장님."

마제석은 손에 들고 있던 문서를 와락 구겨 버리며 거칠게 말했다.

"지금 나랑 장난쳐? 응? 내가 호구로 보이냐?"

"……아닙니다."

마제석에게 보고를 올리고 있는 사천 지부의 늙은 무인 염호군.

그는 참담한 얼굴로 고개를 숙였다.

얼마 전 사천 지부장이 사막왕에게 어이없이 죽어 버리고 나서 뜬금없이 그 자리를 차지한 사람이 바로 마제석이었다.

이제 막 서른이 된 무인.

아무런 실력도, 실적도 없는 그가 사천 지부장 대행을 맡을 수 있었던 이유는 간단했다.

그는 소위 말하는 뒷배경이 어마어마하게 좋았던 것이다.

'힘들다.'

남들에게는 애써 괜찮은 척, 의연한 척해 봤지만 염호군도 내심 마제석이라는 능력 없는 상급자가 좋게 보이지는 않았다. 원래라면 사천 지부장은 당연히 염호군, 본인이 맡아야 할 직책이었으니까.

"내가 어리니까 우스워 보였지, 너? 그렇지 않고서야 매번 나한테 이럴 수가 없지."

염호군은 급하게 고개를 저었다.

저런 놈에게 하대를 받는 게 무인으로서 자존심이 상하는 일이긴 했지만 현실이 이러니 일단 받아들여야만 한다.

"당치 않습니다, 지부장님."

하지만 그 말이 끝나기가 무섭게 마제석이 손에 쥐고 있던 구겨진 문서를 집어 던졌다.

충분히 피할 수도 있었지만 염호군은 굳은 얼굴로 그것을 피하지 않았다.

탁—

문서가 날아와 이마에 부딪혔지만 전혀 아프지도 가렵지도 않았다. 하지만 마음속에 있는 한 조각 남은 자존심에는 크나큰 상처가 생겼다.

그때.

"꿇어."

"……!"

"정말 미안하면 제대로 사과해. 바닥에 꿇어, 이 자식아."

염호군의 얼굴이 딱딱하게 굳어 갔고, 마제석은 그 표정을 보며 더더욱 패악을 부리기 시작했다.

"왜? 니가 그런 표정 하면 겁먹을 줄 알았냐? 이래서 못 배워 먹은 새끼들은 풀어 주면 안 돼."

"……"

마제석의 빈정거림을 듣고 있던 염호군은 눈을 감았다. 마음속에서 온갖 분노가 치밀어 올랐지만 여기서 흥분해선 곤란했다.

염호군에게는 먹여 살릴 가족이 있었고, 이루고 싶은 꿈도 있었다.

한참 동안 귀를 닫고 혼자만의 생각에 잠겨 있던 염호군은 결국 천천히 바닥에 무릎을 꿇었다. 그리고 이마를 바닥에 찍으며 말했다.

"……송구스럽습니다. 지부장님."

마제석은 굴욕적인 자세를 하고 있는 염호군을 내려다보며 바닥에 침을 뱉었다.

"영감 때문에 내가 맹주한테 사과를 하러 가야 하잖아. 이거 어떻게 보상할 거야?"

"전부 제 불찰입니다. 앞으로 아이들 관리에 더더욱 힘쓰도록 하겠습니다. 차후에 또 이런 일이 발생한다면 제 목을 내놓겠습니다."

염호군이 거듭해서 사과를 하자 마제석은 그제야 기분이 좀 풀렸는지 의자에 몸을 파묻으며 투덜거렸다.

"젠장. 날마다 최소 다섯 명에서 많으면 열 명이 넘게 이탈자가 나오고 있다는 걸 맹주한테 대체 어떻게 설명해야 해?"

"……."

맨 처음 사천 지부에서 오백 명으로 출발했던 인원이 지금은 고작 삼백 명 남짓한 수준으로 줄어들어 있었다.

'대체 뭐가 문제일까⋯⋯.'

마교의 추적이 두려워서 이탈자가 생기는 것 자체는 어찌어찌 이해할 수 있었다. 사람의 감정은 완벽히 통제할 수가 없으니까.

하지만 아무리 그렇다 해도 이탈자가 너무 많았다.

여기는 정도맹의 안방.

게다가 정도맹주 일각까지 함께였다.

상황에 따라서는 얼마든지 마교의 수괴들을 몰살시킬 수도 있는 것이다.

'그런데도 도망을 친다라⋯⋯.'

마제석도 그랬지만 염호군 역시 아무리 생각해 보아도 수하들이 이렇게나 이탈하고 있다는 게 도저히 납득이 되지 않았다.

사실 염호군은 이런 상황에서 점점 속이 까맣게 타들어만 갔다.

"⋯⋯더 이상은 맹주님의 눈을 속일 수도 없어. 이건 이제 확실히 보고를 해야 해, 영감."

이 이상 인원이 줄어들게 되면 맹주의 안전에도 치명적인 상황이 벌어지게 되니까.

"⋯⋯면목이 없습니다, 지부장님."

"그런 말 할 시간이 있으면 나가서 수하들 정신 교육이

나 똑바로 시켜. 짜증 나니까."

"……알겠습니다."

염호군은 마제석이 임시 막사 안에서 나갈 때까지 고개를 들지 못했다. 마제석은 막사 바깥으로 나올 때까지 특유의 오만한 얼굴에 짜증을 팍팍 티 내고 있었다.

'젠장맞을 늙은이.'

결국 모든 책임은 자신이 다 져야만 했다.

회피할 수가 없는 것이다.

속으로 온갖 욕설을 내뱉으며 걷던 마제석은 맹주 전용 막사에 들어가기 전에 살짝 긴장한 얼굴을 해 보였다.

'망할……'

이곳은 악중패를 제외하면 현재 천하에서 가장 강한 사람이 있는 곳이었으니까.

제아무리 천둥벌거숭이인 마제석이지만 맹주에게까지 무례할 수는 없었던 것이다.

"사천 지부장 대리 마제석이 맹주님을 뵙고자 합니다."

문 앞에 있는 호위들이 안쪽에 말을 건네자 막사 안에서 중저음의 묵직한 음성이 흘러 나왔다.

"들어오도록."

마제석은 잔뜩 긴장했다.

방금 대답한 사람은 정도맹주 일각이 아니라 요즘 그와

함께 항상 붙어 다니는 신무단주 구철휘였던 것이다.

'그런데 둘이 저렇게 친분이 있었나?'

이 점은 조금 의아한 부분이었다.

구철휘는 신무단주직을 맡을 만한 실력은 있지만 거만하다는 이야기가 많은 사람이었다.

특히나 사생활에 관해 안 좋은 소문이 늘 그의 이름 뒤에 따라다녔는데, 여자를 밝히고 술과 도박을 좋아하는 전형적인 타락한 무인의 표상이었던 것이다.

'하지만…….'

마제석은 들어가기 전에 최대한 크게 심호흡을 하며 긴장을 풀려고 노력했다.

구철휘가 저렇게 뒷소문이 좋지 않았음에도 불구하고 정도맹 내에서 아무도 그를 욕할 수 없었던 것은, 다른 모든 결점을 덮어 버릴 만큼 쟁쟁한 무공 실력이 있었기 때문이다.

'그 빌어먹을 놈의 무공 실력.'

마제석 역시 가문에서 오랜 기간 수련을 해 왔다. 하지만 재능이라는 것이 전혀 없었기 때문에 무공이 거의 늘지 않았던 것이다. 그래서 마제석은 무공이 강한 자들을 보면 본능적으로 강한 거부감이 들었다.

특히 젊은 나이에 무공이 강한 사람.

구철휘 같은 녀석들을 보면 배알이 다 뒤틀렸다.

열등감 때문이었다.

마제석은 머릿속에 떠오르는 온갖 잡념들을 서둘러 떨쳐 버리고 막사 안에 들어섰다. 그리고 공손하게 예의를 갖춰 읍을 해 보이다가 자신도 모르게 '억' 하는 신음을 내뱉었다.

"매, 맹주님?"

맹주 일각은 사천 지부를 떠나고 나서 지난 열흘 동안 놀랍도록 변해 있었다.

일각은 분명 일흔이 넘은 나이었다.

'그런데…… 지금은…….'

주름이 선명했던 일각의 얼굴은 놀랍도록 팽팽해져 있었고 피부 전체에 생기가 떠올라 있었다. 거기에 더해서 제대로 손질하지 못해서 자라난 머리카락은 놀랍도록 새카만 색을 띠고 있었다.

'사람이 고작 열흘 만에 이렇게 극단적으로 바뀔 수 있었던가?'

이건 완전 다른 사람이 된 것이다.

마제석이 잠시 멍청하게 일각을 살펴보고 있다가 자신의 실수를 깨닫고 황급히 고개를 숙여 보였다.

"송구스럽습니다. 맹주님."

"괜찮아. 긴장하면 그럴 수도 있지. 너무 마음 쓰지 말도록."

마제석은 일각의 친근한 음성을 듣다가 잠시 머릿속에 떠오른 단어에 소름이 돋는 것을 느끼며 입을 열었다.

"혹시…… 맹주님께서는 반로환동을 한 것입니까?"

"반로환동이라……."

일각, 아니 정확하게 말해서 마왕 파순은 마제석의 질문에 피식 웃어 버렸다.

지금 그가 차지한 일각의 몸뚱이는 그의 늘어나는 힘을 감당하기 위해 자연스럽게 최전성기 시절의 육체로 되돌아가고 있었다. 노쇠하고 탄력을 잃은 몸뚱이가 순식간에 젊어지고 있었기 때문에 마제석이 말한 반로환동과 상당히 유사한 상태였던 것이다.

"그렇게 볼 수도 있겠군."

파순이 인정하는 말을 꺼내자 마제석은 벌겋게 상기된 얼굴로 바닥에 납작 엎드리며 말했다.

"경축드립니다, 맹주님."

"고맙네."

지난 열흘 동안 단 한 번도 마차 바깥으로 얼굴을 보여 주지 않던 일각이었다.

'그 이유가 이런 것 때문이었던가…….'

이제야 맹주의 수상한 행동들이 모두 납득된 마제석이었다.

'마교, 그 똥멍청이들은 지금 크게 잘못된 생각을 했다.'

반로환동이 어떠한 경지던가?

몸 안에 있는 내공이 육체를 최상의 형태로 재구성시키는, 말 그대로 무인들이 꿈꾸는 최고 경지였다.

악중패와 맞먹는 신의 경지인 것이다.

지금이라면 교주 정도는 단숨에 찜 쪄 먹을 수도 있을 터.

마제석이 그렇게 흥분한 얼굴을 할 때, 일각 옆에 있던 신무단주 구철휘가 입을 열었다.

"용건이 뭔가? 사천 지부장."

"아!"

마제석은 신무단주 구철휘의 물음에 잠깐 허둥거리다가 입을 열었다. 너무 기쁜 마음에 자신이 이곳에 찾아온 목적을 잠시 망각했던 것이다.

"대단히 송구스러운 일이지만 맹주님을 보필하기 위해 사천 지부에서 나왔던 정예병들 사이에서 이탈자들이 생기고 있습니다. 아무래도 마교라는 존재에 대해 겁을 먹은 것 같습니다."

"이탈자라……."

파순과 타타후는 마제석의 보고를 받고 서로 의미심장한 눈빛을 교환했다.

마제석은 지금 크게 오해하고 있었다.

마교라는 존재에 겁을 먹고 부대 내에서 이탈자가 많이 발생하고 있다 생각했지만 사실은 그게 아니었던 것이다.

'모두 우리 뱃속에 있으니까.'

정도맹주인 일각을 보호하기 위해 사천 지부에서 따라온 정예들.

파순의 입장에서 보자면 그들은 일종의 '도시락'과 비슷한 개념이었다.

실제로 이들이 그를 보호해 줄 것이라는 기대는 크게 하지 않았던 것이다.

'공손천기, 그놈이 고작 이런 놈들에게 시간을 허비해 줄 놈이 아니거든.'

하지만 그런 것들을 사실대로 말해 줄 수는 없는 노릇이다.

파순은 짐짓 안타깝다는 표정으로 입을 열었다.

"어쩔 수 없지. 아무리 정도맹 소속의 무인들이라 해도 적이 마교니까 겁을 집어먹을 수밖에. 사천 지부장이 계속 수하들을 다독여 주도록 해."

질책이나 중징계가 떨어질 것을 각오했는데 오히려 위로를 받자 마제석은 크게 감동해 버렸다.

"사천 지부장 대리 마제석, 앞으로도 성심을 다해 맹주님을 모시도록 하겠습니다."

"그래. 앞으로도 계속 수고하도록."

마제석은 일각과 신무단주를 향해 공손하게 예의를 갖춘 후 막사를 빠져나왔다. 그의 얼굴은 전설적인 반로환동의 경지를 직접 목격했다는 흥분으로 가득해져 있었다.

"저놈이 눈치가 없는 놈이라서 다행입니다. 왕이시여."

"그렇지. 사실 저런 놈인 걸 알고 사천 지부장 대리인으로 뽑은 거였지만."

이곳의 인간들은 참 재미있었다.

저렇게 무능력자에 열등감 덩어리라도 가진 직위만 높다면 얼마든지 그 얄팍한 권력을 휘두를 수 있는 것이다. 순수한 실력보다 직위를 우선적으로 보는 곳이었으니까.

'그러고 보니 그놈이 있는 곳은 많이 달랐지.'

그 반면에 마교라 불리는 곳은 달랐다.

거긴 정말 순수한 실력만을 위주로 사람을 판단하고 있었다.

파순이 거기까지 생각하며 이마를 한 번 만지자 그곳에서 작은 뿔이 돋아났다가 사라졌다. 그 뿔은 예전보다 확연하게 그 길이가 커져 있었다.

"모든 행사에 빈틈이 없으십니다. 왕이시여."

타타후의 뻔한 아부에 파순은 가볍게 미소 지으며 주변을 둘러보았다.

"이제 슬슬 녀석을 부를 때가 되었다."

"그렇습니다."

파순이 생각했던 것보다 힘의 회복이 빨랐다.

당초 보름을 예상했는데 열흘이 지난 지금, 힘이 예상치를 훨씬 웃돌고 있었던 것이다. 최근에 무공이 제법 강한 녀석들 위주로 골라서 잡아먹다 보니 힘의 회복 속도가 빨라진 덕분이었다.

"그럼 파카후를 부르기 전에 쓸 만한 그릇을 찾아야 할 텐데…… 누가 좋겠느냐?"

"이곳의 호위대장으로 있는 염호군이 어떻겠습니까, 왕이시여. 그놈 그릇이 당장 급한 대로 쓰기엔 나쁘지 않아 보였습니다."

타타후의 조언에 파순은 고개를 끄덕였다.

그리고 그가 미소 지으며 말했다.

"의식은 오늘 새벽에 진행하도록 하자. 이제는 더 이상 미뤄 둘 필요가 없겠지."

파순은 히죽 웃었다.

근처까지 공손천기가 다가온 기척이 확연하게 느껴졌다. 멀리 있을 때는 희미하더니 근처에 다가오자 공손천기 몸 안에 잠들어 있는 육체가 강하게 공명해 왔던 것이다.

"그럼 이제부터 진짜 재미있는 선물을 주마, 공손천기."

쓸 만한 장난감들도 많이 만들어 놓았고, 거기에 더해서 새로운 수하도 불러올 생각에 파순은 음험하게 웃었다.

*　　*　　*

공손천기는 달리는 마차 안에서 식은땀을 뻘뻘 흘리며 앉아 있었다.

"주군, 괜찮으십니까? 식사라도 좀 하셔야 하지 않겠습니까?"

시우의 물음에 공손천기는 얼굴을 찡그리며 투덜거렸다.

"……넌 지금 이게 괜찮아 보이냐?"

시우는 공손천기의 투덜거림에 너스레를 떨며 말했다.

"사실 너무 안 괜찮아 보이셔서 굳이 물어보았습니다, 주군."

"……망할 놈."

시우가 넉살 좋게 웃어 보이며 손에 들고 온 마른 육포를 입에 구겨 넣었다. 그리고 뜬금없이 말했다.

"가만히 생각해 보면 주군은 부자가 되실 팔자인 것 같습니다."

"……갑자기 그게 무슨 소리냐."

"그렇게 아무것도 드시지 않고 열심히 일을 하시니 부자

가 되실 팔자가 아니겠습니까? 그래도 설마하니 식비까지
아껴 가시면서 일을 하실 줄은 몰랐습니다."

"야…… 이 미친……."

공손천기는 인세에 존재하는 모든 욕지거리를 시우에게
한참 쏟아 냈다. 그렇게 속사포처럼 쏟아 내는 욕을 듣던
시우가 공손천기에게 육포를 슬쩍 건네며 말했다.

"그래도 기력은 있으셔서 다행입니다, 주군. 조금 전까
지는 당장이라도 죽을 것 같은 표정이셨는데 지금은 좋아
보입니다."

"……."

입 바로 앞에 내밀어진 말라비틀어진 육포를 슬쩍 내려
다보며 공손천기가 바람 빠진 얼굴을 해 보였다.

"졌다, 망할 놈아."

시우는 공손천기의 패배 선언에 헤픈 얼굴로 웃어 보였
다.

"조금이라도 드시죠, 주군."

공손천기는 고개를 끄덕이며 육포를 조금 떼어 입으로
가져갔다. 그 모습을 지켜보며 시우는 겉으로는 계속 웃고
있었지만 속으로는 씁쓸한 얼굴을 해 보였다.

누구에게나 오만방자하고 무례한 것이 공손천기의 매력
이었다.

하지만 지금의 공손천기는 정말로 힘겨워 보였다.

말투에서도 여유가 조금도 느껴지지 않았다.

'마왕이라…….'

그 막강한 괴물을 상대하기 위해 몸속에 무언가를 가두어 놓았다고 했다. 그 비밀 무기가 있어야만 마왕을 상대할 수 있다고 하니까 그때는 그냥 그런가 보다 했는데, 막상 지켜보기만 해야 하는 입장이 되니 무척 괴로웠다.

'사흘 전부터 전혀 아무것도 먹지 못하셨다.'

심지어 물 한 모금조차도 못 먹고 있었으니까.

물론 공손천기는 워낙에 고수니까 그 정도야 당장 건강에 큰 영향은 없겠지만 계속 이래선 곤란했다.

시우는 속은 타들어 가면서도 겉으로는 서글서글하게 웃으며 수통을 건네어 결국 공손천기의 입에 억지로 물까지 들이부어서 먹였다.

그 모습을 옆에서 지켜보던 초위명이 시우의 손에서 육포를 한 장 빼 가서 입에 물며 말했다.

"근데 네놈들 둘이 사귀는 사이냐?"

"컥! 그 무슨 징그러운 말씀을……."

시우가 자신의 그 듬직한 몸뚱이를 파르르 떨며 말했고, 공손천기 역시 두 눈에 쌍심지를 켜고 초위명을 응시했다.

"뒈지고 싶냐, 영감탱이? 농담에도 정도가 있는 법이다."

"뭐, 아니면 말고."

초위명은 다시 고개를 돌려 계속 음양반이라 불리는 물건을 바라보다가 말했다.

"이 애송이 놈이 지금 이렇게 비실거리는 것도 모두 계획에 있던 거다. 지금 모든 것이 계획대로 잘 되어 가고 있다는 증거지. 그러니 사내놈끼리 너무 붙어먹지 마라, 외눈박이 꼬맹아."

외눈박이.

시우는 자신을 그렇게 부르는 초위명을 물끄러미 응시했다가 고개를 끄덕였다.

모든 것이 계획대로라는 말.

다른 모든 말보다 그 말 한마디가 시우를 안심시켰기 때문이다.

"그럼 전 나가 보겠습니다, 주군."

"그래. 성가시게 하지 말고 그만 좀 꺼져."

공손천기 대신에 초위명이 손을 휘휘 저으며 말하자 시우는 피식 웃는 얼굴로 바깥으로 나갔다.

마차는 빠른 속도로 달리고 있었지만, 그런 마차에서 편안하게 움직이는 것 정도는 지금의 시우에게 전혀 어렵지 않았으니까.

시우가 나가자마자 초위명은 다짜고짜 공손천기의 팔뚝

을 움켜쥐며 말했다.

"아직은 견딜 만하냐, 애송아?"

공손천기는 초위명의 행동에 별다른 저항을 하지 않고 식은땀이 뻘뻘 흐르는 이마를 힘겹게 소매로 닦아 내며 말했다.

"이 정도야…… 우습지."

"허세는. 애송이 주제에."

파순의 몸뚱이가 머리랑 공명하는 힘은 분명 상상을 초월할 것이다. 자석이 서로를 끌어당기는 것처럼, 거리가 가까워질수록 그 힘이 강해질 테니까.

'하지만 어떻게든 참을 수밖에.'

만약 참지 못해서 파순의 몸뚱이가 바깥으로 튀어나가게 된다면 최후에 써 먹을 패를 날려먹게 된다.

그것을 잘 알고 있던 초위명이기에 조심스럽게 공손천기의 내부 상태를 살펴보다가 눈을 빛냈다.

"네놈…… 제법 근성이 있었구나, 애송이."

방금 공손천기의 몸 상태를 자세하게 살펴본 초위명은 솔직하게 속으로 놀라고 있었다.

지금 공손천기는 온몸이 바위로 짓이겨지는 거나 마찬가지인 고통을 생으로 견뎌 내고 있었던 것이다.

'이건 보통 인간이라면 상상도 못 할 고통이겠지.'

진즉에 정신줄을 놓고 있어도 전혀 이상하지 않은 상태. 한데 공손천기는 잠을 줄이고, 식사를 포기하면서까지 악착같이 버티고 있었다.

초위명은 단순히 공손천기의 이런 인내심에 감탄했지만 그가 모르는 사실이 있었다.

공손천기가 파순을 얼마나 증오하고 있는지에 대해서였다. 공손천기가 얼마나 뼈에 사무치는 원한을 가지고 있는지 초위명은 알지 못했던 것이다.

"걱정 마라. 그놈은 반드시…… 내가 부숴 버릴 테니까."

말을 하는 공손천기의 음성에는 예전과 같은 힘이 없었지만 그 속에 담겨 있는 진한 원한만큼은 생생하게 전해졌다.

"아무튼 잘 간수해라. 지금으로써는 그게 그놈에게 엿먹일 강력한 무기니까, 애송아."

"……."

공손천기는 대답 없이 고개를 작게 끄덕였다.

지금 문제는 파순의 힘이 너무도 갑작스럽게 커지고 있다는 것이었다.

힘이 갑작스럽게 늘어나는 만큼, 공손천기가 부담해야 할 고통도 그에 비례해서 커졌다.

'하지만 아직은 견딜 만하다.'

스스로에게 끊임없이 주문처럼 외우고 있을 무렵, 공손

천기는 갑자기 지금과는 비교가 되지 않을 엄청난 고통을 느끼며 입에서 피를 왈칵 토해 냈다.

"퀵! 커헉!"

초위명이 놀란 얼굴을 하다가 다급하게 음양반을 바라보았다. 그리고 얼굴을 일그러뜨리며 말했다.

"빌어먹을! 파카후가 이족으로 소환되었다."

그게 공손천기가 이성이 있을 때 기억하는 마지막 말이 되었다.

* * *

자혁은 객잔에서 만두를 주문한 후 죽립을 벗어 옆에 내려놓았다.

주군인 전윤수와 떨어진 지 벌써 보름.

그와의 헤어짐은 자혁을 한층 성장시키는 계기가 되었다.

그동안 막연하게 누군가 내리는 명령에 길들여져 있었기 때문일까? 자혁은 혼자만의 시간을 갖고 스스로를 되돌아보면서 서툴지만 한 발자국씩 앞으로 걸어 나가고 있었다.

'설마 여기까지 생각하신 겁니까.'

그만의 지나친 생각일지도 모르지만, 전윤수라면 여기까지 내다보고 이런 결정을 내린 것일지도 모른다.

자혁은 그런 생각을 하며 조용하게 주변을 둘러보았다.

객잔은 지나칠 정도로 한산했다.

그럴 수밖에 없는 것이 요새 강호의 분위기가 무척이나 흉흉했던 탓이다.

'천마신교……'

그들은 노골적으로 정도맹주를 죽이기 위해 움직였고, 그 움직임의 중심에는 교주가 있었다.

강호에서는 악마라 불리는 존재.

강호 사람들은 교주에 대해 잘 알지도 못하면서 그를 무시무시한 악마로 표현했고, 그러면서 스스로가 마교에 대한 두려움을 끝없이 양산하고 있었다.

'어리석다.'

자혁이 그렇게 생각했을 무렵 주문했던 만두가 나왔다. 천천히 만두를 입으로 가져가며 앞으로의 움직임을 계획하고 있을 때 객잔 안으로 누군가가 들어섰다.

'무림인이군.'

자혁은 문으로 들어선 사람들의 기척에 고개를 끄덕였다.

둘 중에서도 키가 큰 사람 쪽에서 풍겨 나오는 잠재력이 상당했던 것이다.

거기까지 생각하다가 자혁은 눈을 빛냈다.

'여자?'

둘은 놀랍게도 여자였다.

죽립을 써서 얼굴을 가리고 있었지만 키가 큰 쪽도 여자가 분명했다. 제법 품이 큰 곳을 입었지만 몸의 선명한 굴곡을 숨길 수는 없었기 때문이다.

하지만 자혁의 관심은 딱 거기까지였다.

지금은 남들에게 신경 쓰는 것은 사치였다.

스스로의 계획을 다듬는 것만으로도 벅찼으니까.

"헤헤, 주문은 뭐로 하시겠습니까?"

객잔의 점소이가 두 여자에게 다가가 주문받는 것을 끝으로 자혁은 자신의 앞에 놓인 만두에 집중했다. 그런데 귓가에 들려온 낯익은 음성에 얼굴을 찡그렸다.

"오리탕 두 그릇. 최대한 빨리!"

작고 아담한 체구의 여자가 내뱉은 말은 짧았지만, 목소리가 대단히 낯이 익었다.

자혁은 만두를 먹다 말고 심각하게 고민했다.

'내가 아는 사람인가?'

여자와는 별다른 인연이 없던 자혁이었다.

이건 본인 스스로가 여자에 관심이 크게 없었기 때문인 것도 그 이유겠지만, 가장 큰 이유는 자혁이 판단하기에 무공을 배움에 있어서 여자는 '독'이라 생각해서 멀리했기 때문이었다.

'누구지?'

알고 있는 여자가 몇 없기에 오히려 더 헷갈렸다.

누군지 섣부르게 판단을 내리기 어려웠기 때문이다.

그래서 자혁은 머릿속으로 떠오르는 사람들을 하나씩 천천히 대입해 보았다.

그러자 답이 보였다.

'야율소하!'

사막왕의 딸인 그녀가 어째서 이런 곳에 있는 것일까?

적풍단은 중원에서 철수한 게 아니었던 걸까?

여러 가지 의문이 떠올랐지만 자혁은 거기에서 생각을 멈췄다. 지금 자혁의 관심은 야율소하보다 그 뒤에 있는 키가 큰 여자에게 쏠려 있었다.

'마야라고 했다, 분명.'

머리를 자르고 검게 물들였지만 눈치채지 못할 리가 없었다.

단지 자혁이 놀랐던 것은 마야를 자세히 들여다보니 정말 쉽게 볼 수 없을 만큼의 잠재력이 전해져 왔다는 점이었다. 사막에서 보았을 때는 몰랐는데 이렇게 다시 살펴보니 제법 깊은 잠재력이 전해져 왔다.

'그사이 성장한 건가……'

자혁은 고개를 끄덕였다.

여자였지만 무인으로서도 재능이 있는 사람이었다.

거기까지 생각하고 자혁은 만두에 다시금 집중했다.

지금은 어찌 되었건 괜한 사람과 엮이기 싫었던 탓이다. 그런데 공교롭게도 상대방도 자혁을 알아본 모양이었다.

"으아앗!"

야율소하가 만두를 먹고 있던 자혁을 보고 외마디 소리를 질렀다. 마야는 그런 야율소하의 진솔한 반응에 쓴웃음을 그렸다.

'모른 체했어도 되었다.'

객잔에 들어올 때부터 마야 역시 자혁의 존재를 눈치챘다. 하지만 자혁이 그들을 모르는 척해 주려는 것을 알았기에 그렇게 조용히 넘어가려 했을 뿐이다.

'미리 언질을 드렸어야 했다.'

후회해 봐야 이미 늦었지만 마야는 조심스럽게 야율소하의 소매를 잡아챘다. 그러자 야율소하도 눈치를 챈 것인지 짐짓 아무렇지도 않은 척 고개를 돌려 자혁을 외면했다.

그 뻣뻣하고 어색한 행동을 보며 자혁은 만두를 집어 가던 젓가락을 내려놓았다.

'모르는 척해 주는 것도 정말 쉽지가 않은 일이다.'

하지만 끝까지 모르는 척해야만 했다.

저 두 사람과 연결되면 번거로운 일에 휘말릴 것 같은 느낌이 들었으니까.

최대한 빨리 만두를 먹고 이곳을 떠나야겠다고 생각하며 자혁이 만두를 먹고 있을 때 또 다른 무리가 객잔으로 들어왔다.

'저들은……'

정도맹 소속 무인들이었다.

숫자는 열 명.

하지만 자혁의 관심은 금세 거두어졌다.

'이류들이다.'

저들은 기껏해야 이류 무사들일 뿐이었다.

실질적인 전투 병력이라기보다도 머릿수를 채우는 용도.

하나 그들은 모두 엄청난 전쟁을 치른 것처럼 지친 표정들이었고, 객잔에 들어와 아무렇게나 앉으며 폭풍처럼 음식들을 주문하기 시작했다.

"최대한 빨리 가져와! 늦으면 알지?"

"헤, 헤헤. 물론이죠, 대협님들."

점원이 굽실거리며 뛰어가고 나서 한동안 객잔은 정도맹 소속 무인들의 잡담으로 시끄러워졌다.

그 이야기를 안 듣는 척 다 듣고 있던 자혁은 고개를 끄덕였다.

'역시 아직 천마신교를 막아서지 못한 모양이군.'

정도맹 소속 무인들은 각자 천마신교를 욕하기에 바빴다.

왜 갑자기 교주가 자기들 지역으로 넘어와서 업무량을 늘리는지에 대해서 온갖 욕설을 내뱉고 있는 상황이었다.

"빌어먹을 마교놈들 때문에 난 지금 오 일째 집에 들어가지도 못했어."

"허? 그럼 더 좋은 거 아닌가? 마누라 잔소리도 안 듣고 좋지, 뭐."

"……어? 그건 또 그러네?"

이곳 섬서 지역 정도맹 무인들.

그들은 지금 당장은 킬킬거리며 농담을 하고 있었지만 사실 요새 정말 힘들었다.

경계 병력을 평소의 두 배 이상으로 늘려야만 했고, 매일매일 마교의 행동에 촉각을 곤두세우고 있어야만 했던 것이다. 때문에 그들과 같은 하급 무사들의 불만이 특히나 엄청난 상황이었다.

그때.

"주문하신 음식 대령입니다."

점소이가 허둥거리며 뛰어나와 정도맹 소속 무인들에게 음식들을 가져다주기 시작했다. 그리고 공교롭게도 그 음식들 사이에는 오리탕도 섞여 있었다.

"어? 내 오리탕!"

가만히 지켜보고 있던 야율소하의 입에서 마침내 분노의 음성이 터져 나왔다. 씩씩거리며 자리에서 일어서는 그녀를 마야가 황급히 말렸지만 소용이 없었다.

"나 배고프다고!"

"……."

마야가 한숨을 내쉬는 사이 야율소하는 후다닥 뛰어가 점소이 앞을 막아섰다.

"방금 저거 내 거였지?"

"……예?"

"저 오리탕 분명 내 거였잖아!"

점소이는 야율소하의 지적에 식은땀을 뻘뻘 흘리며 정신 없이 눈치를 살폈다.

야율소하의 말이 맞았다.

분명히 저 오리탕은 먼저 주문한 야율소하와 마야의 몫이었다. 하지만 그것을 정도맹 무사들이 보고 있는 앞에서 야율소하에게 먼저 가져다주었다가는 무슨 일이 벌어질지 너무 뻔하지 않은가.

'나는 너희들을 구해 준 거라니까?'

이 처자는 눈치라는 게 없는 걸까?

생명의 은인에게 절을 해도 모자랄 판국에 이런 배은망덕을 저지르다니?

'정도맹 무인들에게 무슨 봉변을 당하려고 이러는 거야, 대체?'

점소이가 눈짓으로 현란하게 신호를 줬지만, 배가 고파서 눈이 뒤집혀진 야율소하에게는 전혀 닿지 않았다.

정도맹 쪽 무인들은 아까부터 음흉하게 웃으며 야율소하를 바라보고 있었다.

"어이쿠, 이 오리탕이 그쪽 거였어?"

야율소하는 정도맹 무인들을 바라보고 고개를 끄덕였다.

"그래, 내 거야."

정도맹 무인들 중 털이 수북하고 험악한 인상의 사내가 침을 잔뜩 바른 수저를 오리탕에 퐁당 담그며 말했다.

"이거 미안해서 어쩌지. 이제라도 줄 테니까 가져가."

"……."

"오빠가 친절하게 양념을 더해 놔서 깊은 맛이 날 거야. 킬킬킬."

정도맹 무사들은 자기들끼리 재미있다고 박장대소하며 웃었고, 야율소하는 분노로 전신을 가늘게 떨었다.

그녀가 언제 이런 저급한 도발을 당해 보았겠나?

당연히 분노했고, 그런 분노는 곧장 행동으로 옮겨졌다.

쉬이익—!

"어?"

순식간에 경공을 펼쳐서 다가간 야율소하는 킬킬거리며 웃고 있던 사내의 뺨을 후려쳤다.

쫘아아악—!

사내의 뺨이 옆으로 돌아가고 입술이 터져 나갔다.

정도맹 소속 무인들의 얼굴에서 웃음기가 사라진 것은 그때부터였다.

"이 미친 계집이! 우리가 누군지 몰라?"

"꼴에 무공을 좀 익혔다 이거지?"

야율소하는 뺨을 날린 순간부터 이미 그냥 넘어갈 생각이 전혀 없었다.

"덤벼, 이 인간 말종 새끼들아!"

"이 건방진 계집이!"

그리고 그냥 넘어갈 생각이 없는 건 정도맹 소속 무인들 역시 마찬가지였다.

촤촤촹—!

정도맹 소속 무인들이 무기를 꺼내 들었고, 야율소하도 자세를 잡았다.

지켜보고 있던 자혁만이 한숨을 내쉬며 천정을 올려다보았을 뿐이다.

'바보는 세상 어딜 가도 있는 법이군.'

방금 전에는 분명 참아야 했다. 실제로 충분히 참을 수도 있는 상황이었다.

괜히 문제를 키울 필요가 전혀 없었던 것이다.

'이제 겨우 일류 수준.'

야율소하의 무공은 딱 일류에 겨우 들어간 수준이었다. 지금 이 자리에서 이류 수준 무인들을 상대하기에는 부족함이 없었지만, 문제는 그 다음부터였다.

'이곳은 정도맹의 영역.'

정도맹의 무인들이 백주대낮에 두들겨 맞고도 절대로 그냥 넘어갈 리가 없었다. 결국 야율소하는 잡혀갈 것이고, 그렇게 된다면 지금 이 잠깐의 통쾌함으로 얻은 기쁨은 곧장 바닥으로 곤두박질칠 것이다.

자혁이 뒤에 있던 마야를 바라보자 마야 역시 깊은 한숨을 내쉬고 있었다.

'고민이 많겠군.'

자혁은 왠지 모르겠지만 지금 이 순간 마야의 모습에서 시우가 보였다. 그 녀석이 과거 공손천기 밑에서 하루하루 한숨을 내쉬며 시름시름 앓았던 것을 자혁도 알았기 때문이다.

'어떻게 할 생각이냐?'

자혁이 흥미롭게 지켜보고 있을 때 마야가 움직였다.

야율소하가 막 무공을 써서 정도맹 고수들을 밟아 주기 직전, 그녀의 뒤에서 그림자처럼 등장해 야율소하를 한순간에 제압해 버린 것이다.

"허억!"

정도맹 소속 무인들도 그 엄청난 움직임에는 기겁한 얼굴을 해 보였다.

무언가 파파팍 하더니 기세등등하던 야율소하가 기절해서 옆 탁자에 눕혀지는 데에 눈 깜빡거릴 시간밖에 걸리지 않았던 것이다.

그 후 마야는 최대한 공손하게 허리를 숙였다.

"저희 주인님께서 폐를 끼쳤습니다. 제가 대신 사과를 드리겠습니다."

"……."

방금 전의 무공은 그들 같은 하수가 보기에도 엄청난 경지였기에 모두가 꿀 먹은 벙어리처럼 아무런 대답도 하지 못했다.

그들보다 실력이 월등한 고수가 허리를 숙여 오니 당황스러웠던 것이다.

"대협을 때린 사죄의 의미에서 금전적으로 보상을 해 드리겠습니다."

마야는 주머니에서 커다란 금화 두 개를 꺼내어 내놓았고, 정도맹 무인들의 눈이 휘둥그레 뜨여졌다.

"이것으로 부디 용서해 주시기를 바라겠습니다."

금원보였다.

하나에 금화 열 냥의 가치가 있는 것이기에 저것만 해도 벌써 금화 스무 냥이 아니던가? 저 돈이면 외곽에 작은 정원이 딸린 집을 살 수도 있는 금액이었다.

금원보를 보자마자 맨 처음에 뺨을 맞았던 무인이 제일 먼저 반응했다.

"험험, 살다 보면 화를 낼 수도 있는 법이지요. 이해합니다."

매를 맞은 당사자가 돈을 집어 들고 순순히 사과를 받아들이자 그 다음부터는 이야기가 한결 편해졌다.

"식사 맛있게 하시고, 음식값도 제가 내고 가 보겠습니다."

이 말이 결정적이었다.

정도맹 무인들의 얼굴에는 감탄이 떠올랐고, 그들은 곧 마야를 호감 있는 눈빛으로 바라보았다.

"허허…… 강호에 여협 같은 호걸이 계실 줄이야…… 혹시 실례가 아니라면 성함을 알 수 있겠습니까?"

마야는 다시 한 번 허리를 굽히며 사죄를 했다.

"변변치 않은 이름이라 알려 드리지 못함을 이해해 주시기를……."

"아니 뭐…… 그렇다면야."

정도맹 무인들은 아쉬운 얼굴을 해 보였지만 곧 옷매무새를 가다듬고 짐짓 정중하게 읍을 하며 말했다.

"그럼 그쪽 분들의 무운을 빕니다."

마야는 야율소하를 가볍게 안아 들고 점소이에게 은화 몇 개를 건네준 후 고개를 끄덕였다. 그리고 재빠르게 그 자리를 벗어났다.

더 있어 봐야 좋을 게 없다는 것을 알았던 것이다.

"자네 아프지 않은가?"

"이 정도 돈을 벌 수 있다면 열 대라도 맞아 줄 수 있네."

정도맹 무인들이 그렇게 감탄을 하고 있는 사이, 자혁은 사라진 마야 쪽을 심각한 표정으로 바라보고 있었다.

'대단히 능숙했다.'

마야는 짧은 시간 동안 서너 가지 무공을 거의 동시에 사용했다.

야율소하를 순식간에 제압한 수법.

그것은 분명 적풍단에서도 유명한 금나수(擒拏手, 맨손으로 대상을 제압하는 무공)인 회회천망(回回天網)이었고, 야율소하에게 접근한 신법은 적풍단에서도 최상승 경공술인 추

풍신법이 분명했다.

'그리고……'

제일 마지막으로 자혁을 심각하게 만든 것.

그것은 야율소하를 점혈할 때 마야가 사용한 삼합지(三合指)였다.

삼합지는 적풍단의 무공이 아니라 천마신교의 무공이었다.

'무공을 훔쳐 배웠다?'

대체 어떻게?

어설프게 훔쳐 배우는 것이라면 사실 누구라도 가능했다.

그 동작의 형태만 알면 흉내 내는 것은 원숭이라도 할 수 있으니까. 하지만 무공에 있어서 외부에 보이는 껍데기는 사실 그다지 중요하지 않았다.

'저렇게 내용물까지 완전히 똑같을 수는 없다.'

이건 제법 심각한 문제였다.

마야라는 저 호위 무사가 어떻게 해서 천마신교의 삼합지를 사용할 수 있는 것일까?

이미 천마신교를 떠난 몸이었기에 모른 척 넘어갈 수도 있는 문제였지만 자혁은 결국 그렇게 하지 못했다.

"돈은 여기 두고 간다."

자혁은 탁자에 만둣값을 올려놓고 재빠르게 바깥으로 나

갔다.

마야의 흔적을 쫓기 시작한 것이다.

이미 목표 대상과의 거리가 벌어졌다지만 자혁은 크게 신경 쓰지 않았다. 그가 쫓으려고 마음먹으면 제아무리 멀리 도망가도 찾아낼 수 있었으니까.

그렇게 뜻밖에도 기묘한 동행이 시작되었다.

第九章

마야의 이름

　공손천기는 눈을 뜨자마자 보인 누군가의 모습에 본인도
모르게 헛웃음을 입가에 그렸다.

　전혀 예상치도 못했던 사람이 눈앞에 있었던 것이다.

　상대방은 어이없다는 듯이 웃고 있는 공손천기를 보면서
도 아무런 반응을 보이지 않았다. 그저 물끄러미, 조용한
얼굴로 공손천기를 관찰하고 있을 뿐이었다.

　지금 공손천기가 있는 곳은 사막 한가운데 있는 녹주(오
아시스)였고, 그는 그곳에서 어떤 사람과 단둘이 마주 보고
앉아 있었다.

　"……어이가 없네."

공손천기가 입을 열자 앞에 있던 사람이 눈을 깜빡이다가 고개를 갸우뚱거렸다.

"어이가 없다고? 어째서?"

상대방이 입을 열자 공손천기는 그를 똑바로 바라보며 말했다.

"넌 분명 파순의 몸뚱이겠지? 여긴 네가 만든 공간일 테고."

"파순……?"

파순이라는 이름에 상대방은 어리둥절한 얼굴로 그 이름을 몇 번이고 되뇌더니 고개를 다시 한 번 갸웃거렸다.

그러자 공손천기가 피식 웃으며 말했다.

"좋아, 질문을 바꾸지. 어째서 너는 지금 그 모습을 하고 있는 거냐. 그건 무슨 개수작이지?"

공손천기의 눈앞에 있는 사람은 여자였고, 공손천기의 기억에도 분명하게 남아 있는 사람이었다.

'마야……'

그녀가 지금 눈앞에 있는 것이다.

금빛의 머리카락에 비췻빛 눈동자.

저 아름다운 모습을 어떻게 잊어버릴 수 있겠는가?

공손천기가 복잡한 얼굴을 할 때, 마야의 모습을 하고 있는 파순이 연신 고개를 갸웃거리며 말했다.

"개수작? 그건 오해다. 지금 내 모습은 네가 보고 싶어 하는 사람이 투영된 모습일 뿐, 내가 의도적으로 만든 모습이 아니다."

"……."

"네가 지금 무의식적으로 보고 싶어 하는 대상이 바로 이 사람이라는 소리다."

공손천기는 상대방의 말에 입을 슬쩍 벌렸다가 다물었다.

뭐라고 말을 해야 할지 그조차도 순간 말문이 막혀 버렸던 것이다.

'저 여자가 내가 보고 싶어 하는 대상이라고?'

이 얼마나 황당한 소리인가?

공손천기가 당황하고 있을 때 상대방이 불쑥 상체를 내밀어 공손천기의 얼굴에 바짝 다가서며 입을 열었다.

"나는 누구지? 너는 내가 누구인지 알고 있겠지?"

"……?"

이건 또 무슨 소리일까?

질문이 뭔가 이상했다.

자연히 공손천기의 눈가에도 신중함이 떠올랐다.

잠시 동안 침묵을 지키며 상대방을 살펴보던 공손천기의 눈동자에 이채가 떠올랐다.

'설마……'

어떤 가설이 머리를 스쳤지만, 일단 확신을 가지기 전에 약간의 확인 작업이 필요했다.

어깨 근육을 가볍게 풀어 주며 공손천기가 피식 웃었다.

"너, 이름이 뭐냐?"

"이름?"

마야의 모습을 하고 있는 '그것'은 잠시 무엇을 생각하다가 고개를 저었다.

"나에게는 이름이 없다."

"왜?"

"방금 태어났기 때문이다."

방금 태어났다.

그 말을 듣는 순간 공손천기는 확신했다.

그의 예상이 정확하게 들어맞았던 것이다.

'부처에게 분신이 있는 것처럼 파순도 얼마든지 분신이 있을 수 있지.'

파순도 사실은 부처에 버금가는 존재였다.

하늘에 있는 육욕천의 마왕이자 태고의 마(魔), 그것이 바로 파순이었으니까.

'그런 파순의 몸뚱이에서 태어난 놈이라……'

몸뚱이에서 전혀 새로운 '자아'가 생긴 모양이다.

공손천기가 흥미롭게 바라보고 있자 그 녀석이 다시금 공손천기에게 바짝 다가붙으며 말했다.

"너는 내가 누구인지 알고 있나?"

공손천기는 고개를 끄덕였다.

그리고 음흉하게 웃어 보였다.

기절하기 직전, 사실 공손천기는 스스로가 완벽하게 궁지에 몰렸다고 생각했다. 그런데 오히려 잘만 활용하면 모든 상황을 역전시킬 수 있는 최고의 패를 손에 쥐게 될 것도 같았다.

탁—

공손천기는 '그것'의 어깨에 손을 올리며 말했다.

"분명 이름이 없다고 했겠다? 그럼 내가 너에게 어울리는 이름을 지어 주마."

"이름……."

어떤 대상에게 이름을 지어 준다는 것.

그것은 본래 아무것도 아닌 존재에게 의미를 부여하는 것과 마찬가지였다.

게다가 눈앞에 있는 녀석처럼 거대한 존재에게는 애초에 아무 이름이나 붙일 수 없었다.

그에 합당한 이름을 붙여야만 하는 것이다.

"너의 이름은……."

여러 가지 이름들이 머릿속에 떠올랐지만 입 밖으로 내뱉어지지는 않았다. 공손천기의 예상대로 이 녀석의 존재 자체가 너무 커다랗기 때문일 것이다.

'하지만 이 이름은 붙여지겠지.'

이건 절대로 거부할 수 없는 이름이었다.

공손천기는 눈앞에 있는 금발의 아름다운 여자를 똑바로 바라보며 말했다.

"네 이름은 마야다."

"마야……."

"하늘에 부처라는 위대한 존재가 있지. 마야는 그 부처의 어머니 이름이다. 더불어 지금 네 모습과 똑같은 여자의 이름이기도 하지."

마야는 지금 막 지어진 자신의 이름을 몇 번이고 되뇌어 보았다. 그러다 그 이름이 마음에 든 것인지 밝게 웃음 지어 보였다.

가지런하고 새하얀 치아를 드러내며 웃음 짓는 그 모습이 공손천기의 망막에 뚜렷하게 각인되었다.

그건 진짜 마야에게서는 한 번도 볼 수 없었던 굉장히 해맑은 미소였다.

"이건 아주 좋은 이름이다. 그런 느낌이다."

"……."

공손천기는 한동안 말없이 마야를 바라보았다.

그리고 뒤에 있던 바위에 몸을 기대며 툴툴 웃어 버렸다.

'이 녀석이 저 모습으로 내 앞에 나타난 이유가 이런 거였나…….'

마야의 새하얀 웃음을 마주 보는 순간 그 전까지 아무런 흔들림 없이 고요했던 마음 한구석이 크게 울렁거렸다.

아무래도 저 녀석이 처음에 말했던 것처럼, 정말로 무의식중에 마야를 보고 싶다고 생각하고 있었는지도 모른다.

"그러고 보니 네 이름은 뭐지?"

"나?"

공손천기는 몸을 일으키며 마야를 내려다본 후 말했다.

"내 이름은 공손천기. 너에게 이름을 붙여 준 자의 이름이니 똑똑히 기억해라."

마야는 고개를 끄덕였다.

그리고 물었다.

"그럼 이제 나를 바깥으로 내보내 줄 건가, 공손천기? 지금껏 그대가 나를 막고 있어서 나가지 못하고 있었다."

"그래. 이제 더 이상 여기서 지체하고 있을 시간이 없거든."

그랬다.

시간이 없었다.

공손천기는 그렇게 생각하며 눈을 감고 마야의 손목을 잡아챘다.

바깥으로 나가기 위함이었다.

*   *   *

"왜 그래? 무슨 일이야?"

야율소하.

그녀가 질문하자 마야는 퍼뜩 정신을 차리고 고개를 저었다.

"아무것도 아닙니다. 주인님."

마야는 조금 전 누군가가 자신을 부르는 듯한 음성을 들었기에 그곳으로 고개를 돌렸다.

하지만 그 방향에는 아무것도 없었다.

'방금 뭐였을까.'

굉장히 친근한 느낌.

그런 느낌과 동시에 자신을 부르는 음성이 들렸다.

마야는 자신의 손을 폈다가 움켜쥐며 입술을 깨물었다.

'하지만 지금은 다른 곳에 정신을 팔고 있을 때가 아니다.'

미행이 있었다.

방금 전 이상한 울림에 고개를 돌렸다가 우연하게 눈치 챈 것이다.

'대단한 고수.'

미행을 하고 있는 상대방이 얼마나 고수인지 짐작조차 되지 않았다. 그 때문인지 지금까지는 전혀 알아차리지 못 하고 있었다.

조금 전 갑작스럽게 멈춰 서는 바람에 미행하던 자의 기 척이 아주 미세하게 흘러나왔다.

덕분에 그녀도 눈치챌 수 있었지만…….

'문제는…….'

그 추적의 은밀함도 무섭지만 진짜 염려스러운 것은 추 적자의 무력이었다.

'저 정도의 고수가 왜 우리를 쫓는 거지?'

이유는 알 수 없었다. 그리고 그 이유를 알 수 없다는 사 실이 마야를 더욱 불안하게 만들었다.

"왜 그래? 응? 무슨 일이야?"

야율소하가 다시금 걱정스러운 얼굴로 묻자 마야는 가볍 게 미소 지으며 그녀의 손을 잡아 주었다.

"아무것도 아니에요, 주인님."

"정말이야? 어디 아픈 거 아니지?"

마야는 고개를 끄덕였다.

야율소하는 손을 뻗어 마야의 이마를 만져 보고 고개를 끄덕였다.

"응, 다행이다. 열은 없네."

마야는 안도의 한숨을 내쉬는 야율소하의 손을 꼭 잡고 천천히 걸어갔다. 굳이 눈치챘다는 티를 내서 미행하는 자를 자극하고 싶지 않았던 탓이다.

그녀들이 지금 있는 곳은 인적이 드문 야산이었고, 이런 곳에서 저런 고수와 문제가 생긴다면 좋은 꼴을 보기 어려웠기 때문이다.

하지만 미행하고 있던 자는 마야와 생각이 달랐던 모양이다.

"어?"

야율소하는 갑자기 불쑥 자신의 앞을 막아서는 남자를 보며 눈을 깜빡거렸다. 저 얼굴은 분명 낯이 익었던 것이다.

"어? 넌 천마신교의……."

뒷말을 제대로 잇지 못하는 야율소하를 보며 자혁은 무덤덤하게 대답했다.

"전윤수 공자님을 모시고 있던 자혁이라 합니다. 사막왕의 따님."

"아아! 맞아, 분명 그런 이름이었어."

당시에는 공손천기에 집중하느라 다른 사람들의, 그것도

호위들의 이름까지는 잘 기억이 나지 않았던 야율소하였다.

어찌 되었건 아는 얼굴이었기에 야율소하는 반가운 표정으로 자혁에게 다가가려 했지만 그런 야율소하의 앞을 마야가 슬쩍 가로막았다.

"왜 그래?"

"……부디 행동에 신중하셔야 합니다. 주인님."

마야는 긴장한 얼굴을 해 보였다.

눈앞에 있는 사람은 분명 마야에게도 기억에 남아 있는 사람이었다. 하지만 아는 얼굴이라고 해서 무턱대고 그 사람을 믿는 것은 어리석은 짓이었다.

이곳은 강호.

언제 무슨 일이 일어나도 이상하지 않은 곳이었으니까.

'게다가…….'

이런 곳까지 그녀들을 미행해 온 것 자체가 이미 불안한 일이었다.

절대 긴장의 끈을 놓아서는 안 되었다.

'그런데 이 남자가 이 정도로 고수였던가.'

늘 전윤수라는 거인 뒤에 있어서 몰랐다.

자혁의 전신에서 은은하게 흘러나오는 기세가 이 정도로 막강하다는 사실을.

분한 일이지만 자혁은 지금의 마야가 감당하기 어려운

고수였다.

'그래도……'

마야는 여차하면 전력으로 무공을 펼칠 준비를 하며 자혁을 응시했고, 자혁은 그런 마야의 날 선 반응을 가만히 지켜보다 고개를 끄덕였다.

'옳은 판단이다.'

마야는 현명한 판단을 한 것이다.

자혁이 그렇게 마야의 행동에 고개를 끄덕이는 동안 마야는 야율소하를 자신의 뒤로 조금 당겨서 숨기며 낮은 음성으로 물었다.

"주인님께 무슨 용건입니까? 우선은 그것부터 밝히는 게 순서겠지요."

야율소하 역시 조금 전까지의 반가워하던 표정을 지우고 살짝 긴장한 얼굴을 한 채 자혁을 바라보았다.

'설마 천마신교와 적풍단이 다시 손을 잡았나?'

적풍단에서 천마신교에 무슨 의뢰라도 한 것일까?

야율소하의 머릿속에 여러 가지 복잡한 상황들이 그려질 때쯤 자혁은 야율소하를 힐긋 보고 다시 시선을 마야에게로 돌리며 말했다.

"내가 볼일이 있는 사람은 사막왕의 따님이 아니라 그쪽이다."

"⋯⋯저에게 볼일이 있다는 말씀이십니까?"

마야가 당혹스러운 얼굴을 할 때, 자혁이 고개를 끄덕이며 말했다.

바로 본론을 꺼낸 것이다.

"삼합지는 어디서 배운 거지?"

"⋯⋯."

"객잔에서부터 직접 보고 확인까지 한 것이니 숨길 생각은 하지 마라. 삼합지는 분명 천마신교의 무공. 약간 형태가 다르긴 했지만 그 뿌리까지 속일 순 없는 법이다. 대체 그쪽이 천마신교의 무공을 어떻게 배운 거지?"

마야는 자혁의 질문에 머뭇거리며 곧장 대답하지 못했다.

이 진지한 사내는 조금도 돌려 말하지 않고, 직설적으로 용건을 꺼내었다. 그리고 지극히 올곧은 시선으로 마야를 바라보고 있었다.

'곤란하게 되었다.'

저런 시선을 가진 사람에게는 얕은 수나 거짓말은 통하지 않았다.

잠시 고민하던 마야는 결국 솔직하게 입을 열었다.

"우연한 기회에 그것을 볼 기회가 있었습니다. 그래서 흉내 냈을 뿐입니다."

"……그럼 훔쳐 배웠다는 말인가?"

"그렇습니다."

마야가 순순히 말하자 자혁의 얼굴이 작게 일그러졌다.

무공을 훔쳐 배운다는 것은 사실 말이 쉽지 실제로는 거의 불가능한 일이었다.

내력의 흐름이라든가 순간적인 호흡법 등 내부적인 것들까지 세밀하고 정확하게 알고 있어야 무공이 제대로 된 위력을 가지고 펼쳐지는 법이었다. 그랬기에 무공 수련에서는 스승이라는 존재가 무척이나 중요한 법이다.

한데 방금 전에 마야가 한 말은 그 스승의 필요성을 부정하는 것과 같았다.

"그쪽이 한 말은 눈으로 한번 본 무공은 곧장 본인의 무공처럼 써먹을 수 있다는 말과도 같다. 알고 있나?"

"……예."

"그럼 그건 거짓이다."

자혁은 진심으로 불쾌한 표정을 해 보였다.

사실 그는 과거 야율소하와 공손천기가 나름대로 긴밀한 관계를 유지했기에, 공손천기가 무공 한두 개 정도를 가르쳐 주었을지도 모른다고 생각하고 있었다.

마야의 뒤를 쫓아온 것은 그것을 확인하고자 하는 단순한 호기심에서였다.

'우연히 방향도 같았지.'

이유는 모르겠지만 지금 마야와 야율소하가 가는 길은 자혁이 목표로 삼고 있는 시우가 있는 곳과 같은 방향이었다. 그런데 마야의 입에서 전혀 생각지도 않았던 대답이 흘러나오자 자혁은 양손을 늘어뜨리며 말했다.

"그대가 한 거짓말을 지금 증명해 줘야겠다."

한번 본 무공의 본질을 꿰뚫는다?

말이야 쉽지만 이것은 사실 무공을 익히는 모든 사람들이 꿈꾸는 경지였다.

화경을 뛰어넘은 그 이상의 경지.

신입(神入).

신의 경지라 불리는 그곳에 들어서야만 심안(心眼)이 열리고 무공의 형태를 재창조할 수 있게 된다. 그리고 그 정도 경지가 되어야 한번 보았던 무공을 마치 자기 것처럼 똑같이 풀어서 사용할 수가 있는 것이다.

'감히 주군께서도 도달하지 못했던 경지에 이 여자가 도달했다?'

전윤수가 궁극적으로 추구했던 경지가 아닌가.

당연히 말도 안 되는 헛소리였다.

기분이 불쾌해졌다.

그랬기에 자혁이 공격 자세를 잡고 기운을 모으자 마야

는 양손을 들어 올려 방어 자세를 취했다.

'어리석었다.'

그 객잔에 천마신교의 고수인 자혁이 있다는 것을 뻔히 알았으면서도 무의식적으로 천마신교의 무공을 사용해 버렸다. 마야는 스스로의 실수를 자책하면서도 자혁에게서 시선을 돌리지 않았다.

저 우직한 사내가 무슨 용건으로 찾아왔는지 이제 확실하게 알았던 것이다.

'확인해 주는 것은 어렵지 않지만……'

문제는 확인한 이후였다.

자혁이 그대로 곱게 물러나 줄까?

지금 상태라면 그녀가 자혁을 이긴다는 것은 불가능했다. 그를 마주하는 순간 그 사실을 확실하게 알 수 있었다.

그때.

'온다.'

마야는 눈을 부릅떴다.

자혁은 마야가 했던 말을 믿고 있지 않았다.

그저 삼합지를 똑같이 펼쳐 쓴 것은 그 무공이 단순하고 알아보기 쉬운 무공이라 우연찮게 정확하게 읽어 냈을 뿐이라 여기고 있던 것이다.

'이것도 흉내 낼 수 있을까?'

자혁이 내력을 모아 주먹을 뻗었다.

그리고 정면으로 찔러져 오는 주먹을 마야는 뚫어져라 지켜보고 있었다.

＊　　　＊　　　＊

천하공부출소림(天下功夫出少林)이라는 말이 있다.

그 뜻을 풀이하면 천하에 존재하는 무술은 전부 소림에서 나왔다는 뜻이다. 그만큼 소림사가 중원에서 차지하는 위치나 명성은 절대적이라고 할 수 있었다.

"정말 가야겠어? 저쪽에 있는 땡중들은 무척이나 번거롭다고."

곽운벽은 마뜩지 않은 표정으로 백무량을 바라보았다.

지금부터 백무량이 하려는 짓은 소림사의 분노를 사기에 충분한 일이어서 그는 이제라도 포기했으면 좋겠다는 심정이었다.

"우리는 가야 해. 일각 어르신에 대한 책임이 있으니까."

"책임감은 나도 있긴 한데…… 우리라는 단어는 함부로 쓰지 말아 줄래? 나 지금 되게 짜증 나거든?"

곽운벽은 계속해서 투덜거렸고, 백무량은 그런 곽운벽을

보더니 피식 웃고는 함께 소림사의 정문에 서게 만들었다.

"하아…… 결국 여길 들어가게 만드네. 넌 정말 대단한 놈이다. 괜한 일에 목숨 거는구만, 정말."

"너무 쫄지 마, 친구. 잘될 거다."

"……네놈은 이상한 부분에서 너무 긍정적이야."

백무량은 곽운벽의 불만을 뒤로하고 주변을 두리번거렸다. 물론 입구에 단순한 방문객들을 받는 곳이 있었지만, 그곳으로 들어가서는 소림사의 진면목을 볼 수가 없었다.

'스승님께서 옆길이 있다고 하셨는데, 분명…….'

일반 향화객들이 가는 곳이 아닌 무림인들을 위한 통로는 따로 있었다.

잠시 두리번거리던 백무량은 바위틈에 나 있는 작은 소로를 보며 슬쩍 미소 지었다.

'저기로군.'

일반인들은 올라가기 어렵고 험준한 바윗길.

그 길을 지켜보던 백무량은 가볍게 곽운벽을 옆구리에 끼고서 험준한 바윗길을 오르기 시작했다.

"어? 이 미친놈아! 이거 안 놔?"

"응? 정말 지금 놓아도 되겠어?"

바윗길 아래로 펼쳐진 절벽을 턱짓하며 백무량이 말하자 곽운벽이 하얗게 질린 얼굴로 고래고래 악을 썼다.

"그래, 이 망할 놈아! 차라리 죽는 게 낫지, 멀쩡한 입구를 놔두고 이게 대체 무슨 뻘짓이냐!"

"금방 도착해. 조금만 참아."

곽운벽이 눈 아래에 펼쳐지는 천길 절벽들을 바라보며 욕을 쏟아내는 사이 백무량은 순식간에 바윗길을 뛰어넘어 정상에 도달해 버렸다.

탁—

백무량이 정상에 도착하자마자 누군가가 그들의 앞을 가로막았다.

우락부락한 덩치의 스님들.

"아미타불…… 그대들은 어쩐 일로 이곳까지 오셨습니까?"

이곳이 바로 감춰져 있는 진짜 소림사의 입구였다.

단순한 방문객이나 참배객을 받는 곳이 아닌, 철저히 무림인들을 위해 존재하는 입구.

그랬기에 지금 백무량을 막아선 스님들은 하나같이 절정의 고수들이었다.

그들을 바라보던 백무량은 곧장 본론을 꺼내었다.

"장경각주님을 뵈러 왔습니다."

소림사에서 방장을 제외하고 제일 높은 직위에 있는 스님이 바로 장경각주였다. 현 소림사의 방장인 일각의 빈자리를 채우고 있는 장경각주를 만나러 왔다는 말에 스님들이 순간 몸을 굳혔다.

"……아미타불. 실례지만 시주들께서는 사전에 약속을 잡으신 것입니까? 그런 이야기는 전해 들은 것이 없어서……."

"사전에 약속은 잡지 않았습니다."

너무나도 당당한 대답.

그때까지도 백무량의 옆구리에 덜렁거리며 매달려 있던 곽운벽은 자신의 얼굴을 두 손으로 가리며 중얼거렸다.

"가끔 보면 네놈은 용감한 건지 무식한 건지 모르겠다."

스님들 역시 황당한 얼굴로 백무량을 아래위로 살펴보았다.

멀쩡하게 생긴 놈이 계속 덜떨어진 소리를 하니까 황당했던 것이다.

'무당파의 제자라…….'

만약 강호 전체에 명성을 떨칠 만큼 대단한 사람이었다면 사전에 약속 없이 찾아왔더라도 그들은 위쪽에 기별을 넣었을 것이다. 하지만 눈앞에 있는 젊은이는 강호에 그 이름을 거의 알리지 않은 사람이었다.

"실례지만 시주께서는 너무 무리한 요구를 하고 계십니다. 시주가 무당파의 제자라서 더 이상의 말은 하지 않겠지만, 아래로 내려가 일반 방문객들과 함께 내방해 주시겠습니까? 아미타불."

좋게 돌려서 말을 하고는 있었지만 그 내용은 분명했다.

'이번 한 번은 봐줄 테니까 더 이상 헛소리하지 말고 얼른 꺼져라? 아미타불.'

곽운벽의 귀에는 분명 이렇게 들렸다.

그래서 곽운벽은 조용히 수긍했고, 백무량에게 내려가자는 뜻으로 옆구리를 찔렀다. 괜히 여기에서 문제를 일으켜 봐야 좋을 게 없었으니까.

하지만 백무량은 처음부터 이런 반응을 예상하고 있었다.

그에게는 따로 생각이 있었던 것이다.

"아래 방문객들과 함께 소림에 들어가면 너무 늦습니다. 강호의 흥망성쇠와 관계된 매우 중요한 볼일이니 장경각주님을 최대한 빨리 뵈어야 합니다."

"강호의 흥망성쇠라……."

이게 무슨 거창한 용건이라는 말인가?

입구를 지키고 있는 이들을 이끄는 중년 스님, 백통 대사는 문득 헛웃음이 새어 나오는 것을 겨우겨우 참고 백무량을 바라보았다.

"무슨 용건인지 빈승이 먼저 물어도 되겠습니까?"

백무량은 자신에게 질문한 중년 스님을 빤히 바라보다가
입을 열었다.

"그쪽이 장경각주입니까?"

"아닙니다, 시주. 본인은 백팔나한 중 한 명일 뿐입니다."

백팔나한.

이것은 소림에서 가장 강한 이들 중 한 명이라는 뜻이었
다. 그것만으로도 충분히 엄청난 직위였지만 백무량을 만
족시키기에는 역부족이었던 모양이다.

"그럼 말해 드릴 수 없습니다."

"……아미타불."

백통 대사가 불호를 읊으며 헛웃음을 흘릴 때, 그때까지
옆구리에 들려 있던 곽운벽이 몸부림치며 바닥에 내려선
후 마주 헛웃음을 터트렸다.

"으허허, 이 친구가 원래 고집이 좀 셉니다, 스님. 수양
이 깊으실 테니 부디 넓은 도량으로 이해해 주십시오. 야!
그만 고집부리고 내려가자."

"안 돼. 한시가 급해. 지금도 이미 늦었어."

이놈이 왜 이렇게 갑자기 고집을 부리는 걸까?

곽운벽은 사람 좋은 미소로 백통 대사를 바라보며 낮게
속삭였다.

"그건 알지만 괜히 문제 일으키는 것보다는 낫잖아? 여

긴 소림이라고, 이 미친놈아."

"나도 알아."

그들이 그렇게 속삭거리고 있자 백통 대사는 고개를 갸우뚱거리며 말했다.

"그대들의 이름을 물어봐도 되겠습니까?"

사실 무슨 용건인지는 백통 대사도 딱히 관심이 없었다.

단지 한 녀석이 무당파의 제자라는 것이 조금 마음에 걸렸지만 그것뿐이었다.

저 녀석의 나이를 감안해 보았을 때 정말로 무림의 안위와 직결되는 문제를 가지고 왔을 가능성은 대단히 낮았으니까.

'피 끓는 마음에 쓸데없는 일을 부풀려서 가지고 온 게 분명하다.'

하지만 그렇더라도 그들의 뜨거운 마음을 지지해 주어야만 했다. 그게 바로 강호의 선배들이 청춘들을 마주했을 때 반드시 가져야 할 덕목이었으니까.

"제 이름은 백무량입니다."

"백무량이라……."

그 이름을 들은 백통 대사는 속으로 작게 한숨을 내쉬었다.

역시나 전혀 들어 본 적이 없는 이름이었다.

게다가 무당파에서 정식으로 내리는 도명이 아니라 세속의 이름을 댄 것을 보니 저 녀석은 심지어 무당파의 정식 제자도 아닌 속가 제자인 모양이었다.

　'이걸 어떻게 해야 하나……'

　백통 대사는 어떻게 타일러야 그들을 잘 달래서 돌려보낼 수 있을지 고민하기 시작했다.

　하지만 백무량은 정말 시간이 없었다.

　백통 대사의 깊은 생각을 기다려 줄 만큼의 여유가 없었던 것이다.

　"제가 일반 방문객들이 다니는 길이 아니라 이곳을 찾아온 이유는 간단합니다."

　백무량은 자신의 검집을 가볍게 만지며 말했다.

　"제 스승님에게 듣자 하니 소림에는 급한 용건이 있을 경우, 본인이 원한다면 바로 입구를 통과하는 시험을 치를 수 있다고 들었습니다."

　"……!"

　"그러니 서로 시간 낭비하지 말고 곧장 용무를 봤으면 합니다만."

　그때까지 허허로운 웃음을 그리고 있던 백통 대사의 얼굴이 딱딱하게 굳어졌다.

　"아미타불…… 그대가 지금 하는 말이 무엇을 의미하는

지 알고는 있는가? 목숨을 걸겠다는 뜻이네."

"물론입니다."

백무량이 태연하게 대답하자 분위기가 한층 험악해졌다.

오직 이곳에서 곽운벽만이 둘의 대화가 뜻하는 바를 몰랐기에 갑자기 변한 상황에 어리둥절한 얼굴을 하고 있을 뿐이었다.

"그게 무슨 뜻인데 저러시는 거래?"

"별 의미 없다. 너는 그저 지켜보고 있으면 돼."

"정말…… 광오한 자신감이군."

백통 대사는 주변에 있던 스님들을 바라보았다.

너무도 선명한 분노가 떠오른 그들의 눈빛을 마주치며 그가 물었다.

"너희들도 방금 들었느냐?"

"물론입니다."

"이건 본인이 원해서 하는 일이니 조금의 잔정도 손에 남길 필요가 없다."

"아미타불……."

백통 대사는 백무량을 똑바로 바라보며 말했다.

"오늘 우리는 눈앞에 있는 불쌍한 시주를 구제하기 위해 살계(殺戒)를 연다. 증인은 저 옆에 있는 자가 될 것이며, 내가 직접 무당파에 찾아가 사과를 하겠다."

그들의 몸에서 강렬한 기세가 뿜어져 나왔고, 곽운벽은 자신도 모르게 마른침을 삼키며 뒤로 물러섰다.

애초에 무공에 대해서 잘 몰랐고, 강호의 율법 같은 것에도 그다지 밝지 않았지만 지금 한 가지는 확실하게 알았다.

'이놈이 무슨 미친 짓을 한 건지는 분명하게 알겠네.'

백무량은 무언가 소림사의 자존심을 건드리는 행동을 한 게 분명했다. 그렇지 않고서는 저렇게 상처 입은 맹수처럼 이빨을 드러낼 이유가 없을 테니까.

'내가 이 미친놈이 언젠가 큰 사고를 칠 줄 알았다니까?'

곽운벽이 속으로 백무량을 향해 온갖 욕들을 다 하고 있을 무렵, 정작 소림사의 어마어마한 분노를 고스란히 받고 있는 장본인은 태연했다.

백무량은 지극히 태연하고 고요한 얼굴로 검집을 매만지며 진지하게 물었다.

"언제쯤 준비가 되는 것입니까? 저에게는 정말 시간이 없습니다."

"아미타불……."

백통 대사는 차가운 눈빛으로 백무량을 바라보며 물었다.

"본인은 그대의 시체를 들고 무당파의 누구를 찾아가 사과를 하면 되겠는가? 그대의 스승을 말하게."

백무량은 백통 대사의 말에 볼을 긁적거리다가 입을 열었다.

"그럴 일은 없겠지만, 만약 제가 죽게 되면 시체를 들고 무당파에 가서 아무나에게 보여 주면 됩니다. 그럼 그들이 알아서 처리할 겁니다. 아무런 원망도 하지 않을 겁니다."

"참으로 무책임한 대답이군. 하지만 그게 자네의 유언이라면 들어주지."

백통 대사는 손을 위로 들어 올리면서 말했다.

"십팔나한진을 펼친다. 목표는 백무량이라 불리는 무당파의 제자. 그의 몸에 소림의 이름이 지니는 무게를 직접 알려 주도록 한다."

"존장의 명을 받듭니다!"

백통 대사를 비롯한 총 열여덟 명의 나한들이 한 손 합장을 한 후 일제히 백무량을 포위한 채 자세를 잡았다. 곽운벽은 최대한 멀찍한 곳에 떨어져서 선 채로 마른침을 삼키며 소림사와 백무량의 대치를 지켜보고 있었다.

'과연 부술 수 있을까?'

소림사의 십팔나한진은 천하에서도 손꼽히는 절진이었다.

천 년 동안 이어져 오던 소림사가 그동안 수많은 부침들이 있었지만 지금까지 무너지지 않았던 이유 중 하나가 바로 십팔나한진이었으니까.

"개진(開陣)!"

쿠그그긍—

열여덟 명의 절정 고수들.

그들이 내뿜는 기세가 공기를 떨리게 만들었다.

그런 무시무시한 진법 한가운데에서 백무량은 평온한 얼굴을 하고 있었다. 그러다 입을 열었다.

"시간이 없으니 선배님들께 무례를 저질러도 용서하십시오."

무례는 이미 충분했다.

백통 대사가 그리 생각할 때쯤, 그의 입이 찢어질 듯 크게 벌어졌다.

백무량의 검에서 갑자기 하늘을 가르는 유성과도 같은 거대한 빛줄기가 뿜어져 나왔던 것이다. 그리고 그것은 곧장 하늘을 뚫을 듯 솟구쳐 올랐다.

지켜보던 백통 대사의 눈이 튀어나올 듯 커지고 비명처럼 음성이 터져 나왔다.

"화경의 고수!"

검강이었다.

왜 몰랐을까?

저 녀석이 보였던 여유는 그냥 젊은 혈기에서 나오는 쓸데없는 자신감이 아니었다.

본인의 무공에 대한 절대적인 믿음, 그것을 바탕에 두고 있었던 것이다.

상대방이 화경의 고수라는 것을 조금 더 일찍 알았다면 더 신중하게 대처했을 것을……

'오만하고 광오했던 것은 저 녀석이 아니라 나였다.'

하나 이제 와 후회해 본들 무슨 소용이 있을까?

백통 대사는 이를 악물고 재빠르게 진법의 형태를 변환시켰다. 어찌 되었건 상대가 화경의 고수라는 사실을 안 이상 전력을 다해야만 했다.

진법이 변형됨과 동시에 백무량의 검강이 정면에 있던 백통 대사를 향해 내려 꽂혔다.

그 모습을 보며 백통 대사는 이를 악물었다.

'천불수(千佛手)!'

백통 대사의 우락부락한 두 손에 금빛의 기운이 모여들더니 곧장 황금빛 구름이 되어 검의 진로를 정면으로 막아갔다.

열여덟 명의 내력이 백통 대사에게 모여들어서 강력한 방어막을 만든 것이다.

최강의 방패와 검강이 정면으로 충돌했다.

콰아아아앙—!

엄청난 폭음과 함께 바닥이 폭탄이라도 맞은 것처럼 파였다.

동시에 열여덟 명의 고수들이 사방으로 튕겨 나갔다.

지켜보고 있던 곽운벽은 재빠르게 움직여 튕겨 나간 소림사의 고수들을 하나하나 살피기 시작했다.

"후우……."

장내에 멀쩡한 표정으로 서 있는 사람은 백무량 단 하나뿐이었고, 모두가 놀람과 경악에 가득 차서 그를 지켜보고 있었다.

잠시 어깨 근육을 풀던 백무량이 입을 열었다.

"그럼 이걸로 시험은 통과한 것으로 알겠습니다."

곽운벽은 백무량의 태연한 음성에 자신도 모르게 실없이 웃어 보였다.

'저놈은 원래 이런 놈인 모양이다.'

남들의 시선이나 생각은 전혀 신경 쓰지 않고 본인만의 길을 가는 사람.

본인이 옳다고 생각하면 다른 사람의 의견이나 걱정은 전혀 중요하게 생각하지 않고 우직하게 밀고 나가는 사람.

그런 부류의 인간이 바로 백무량이었다.

곽운벽은 순식간에 열여덟 명의 상태를 봐준 후 손을 털며 일어섰다.

"잠깐만 쉬면 괜찮아지실 겁니다. 다들 기혈이 조금 엉켜 있는데 그것은 자연스럽게 회복될 문제입니다. 그럼 계속 수고하십시오. 허허……."

백통 대사는 새하얗게 질린 얼굴로 몸을 일으켰다.

그리고 백무량을 바라보다가 불쑥 입을 열었다.

"그대의 스승이 누군가?"

백무량은 열린 문을 지나치려다 백통 대사의 질문을 받고 고개를 돌렸다. 그리고 조금 전처럼 여유로운 표정이 아닌, 존경 가득한 얼굴로 공손하게 대답했다.

"무호 진인. 그분이 제 스승님이십니다."

"무호 진인……."

이것은 현 무당파의 장문인의 이름이 아닌가?

그렇다면 저 녀석은 장문인의 제자라는 소리였다.

"왜…… 진즉에 무호 진인의 제자라고 말하지 않았나? 그랬다면 이야기는 더 빨라졌을 것을……."

저 녀석이 단순히 무당파의 속가제자가 아니라 장문인의 제자라는 것을 알았더라면 분명 다른 방법이 있었을 것이다. 서로가 이렇게 곤란하고 난처한 상황이 되지는 않았을 테니까.

'아니, 이건 일방적으로 본사의 입장만이 곤란해진 것이

겠구먼.'

소림사가 천하에 자랑하는 십팔나한진이 단 한 명에게 돌파당했다는 것.

그 소문이 퍼진다면 분명 소림사의 이름에 먹칠을 하게 될 터였다.

십팔나한진을 무너뜨린 사람이 비록 화경의 고수라고는 하지만 그건 아무런 위로가 되어 주지 못했다.

백통 대사의 얼굴에 씁쓸함이 떠오를 때 백무량은 조용히 입을 열었다.

"스승님의 이름을 함부로 팔고 싶지는 않았습니다. 제 힘으로 해결 가능한 것은 스스로 해결해야 한다고 생각했습니다."

"……."

백통 대사는 입을 다물었다.

백무량의 말은 분명 옳다.

하지만 이것은 너무도 꽉 막힌 생각이 아닌가?

'아니면 명성이 필요했던 것인가…….'

뭐든 관계없었다.

지금은 결과만이 중요할 뿐.

백통진인은 그런 쓸데없는 생각들을 하다가 고개를 저은 후 입을 열었다.

"아무튼 따라오게. 내가 직접 장경각주 사백님께 안내해 주지."

"감사합니다."

백통 대사가 앞장서서 길을 열었고, 백무량과 곽운벽은 조용히 그 뒤를 따랐다.

곽운벽은 긴장한 얼굴을 해 보였다.

'지금부터 시작이네, 젠장.'

이제 겨우 입구를 지나쳤을 뿐이다.

진짜 문제는 지금부터 장경각주를 만나서 그에게 소림사의 주인이 마왕이 되어 버렸다는 사실을 증명해야만 한다는 것이었으니까.

앞으로 펼쳐질 험난함이 예상되자 곽운벽의 얼굴은 점점 흑색으로 굳어 가기 시작했다.

第十章
욕망

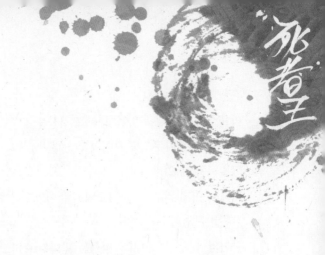

야율소하는 고개를 갸우뚱거렸다.

자혁이 특유의 진지한 표정으로 마야를 향해 뻗은 주먹. 그것은 표정과는 다르게 무척이나 느렸고, 너무 피하기 쉬워 보였다.

그런데.

'왜 그러지?'

이상한 건 마야의 태도였다.

저건 충분히 피할 수 있었다. 야율소하가 보았을 때 자혁의 공격은 무공을 익히지 않은 어린 아이도 피할 수 있을 만큼 느렸으니까.

'뭔가 있나 보네?'

야율소하가 정신을 바짝 차리고 시선을 집중해 보았지만 그녀의 눈에는 아무것도 보이지 않았다.

그럴 수밖에 없었다.

그녀는 이제 겨우 일류 정도의 수준이었으니까.

'피할 수 없어.'

자혁의 주먹은 느렸지만 엄청난 변화를 숨기고 있었다.

마야는 그 변화를 읽었기에 이마에 송골송골한 땀이 맺히도록 집중해서 자혁의 주먹을 끝까지 노려보았다. 그러다 주먹이 코앞에 닿을 듯이 가까워졌을 때, 하얗게 질린 얼굴로 어깨를 움찔거리며 뒤로 물러섰다.

그 순간적인 반응 때문에 자혁의 표정이 일순 심각하게 변했다.

"……그 변화를 다 읽어 냈다고?"

"…… ."

마야는 곧장 대답하지 못하고 뒤로 물러서서 거친 숨만 몰아쉬었다.

자혁은 그 모습을 지켜보다가 뻗은 주먹을 거두며 복잡한 얼굴을 해 보였다.

'정말로 실체가 보여서 피했던 걸까?'

실제로 그의 주먹을 파악한 것인지 아니면 단순한 우연

인지는 알 수 없었다.

다만 자혁은 시우를 죽이기 위해 전윤수로부터 직접 전수받았던 무공, 그동안 필사적으로 매달려 왔던 환룡마황권(幻龍魔皇拳)이 이렇게 단번에 간파당했다는 사실에 허망한 속마음을 달래고 있을 뿐이었다.

그러다 그가 눈을 번뜩이며 말했다.

"방금 그것을 나에게 펼쳐 줄 수 있겠나?"

환룡마황권은 전윤수가 힘들게 전수해 준 마교 십 대 무공 중의 하나였다. 그것이 이렇게 쉽게 파훼되었다는 것은 아직 자혁의 실력이 부족하다는 말과 같았다.

'반드시 확인이 필요하다.'

그리고 보완을 해야만 했다.

그런 자혁의 절실한 표정을 지켜보던 마야는 고개를 저었다.

"당장은 어렵습니다. 아무래도…… 방금 그것은 너무 복잡합니다."

"당장은 아니지만 시간만 주어진다면 쓸 수 있다는 말인가?"

마야는 자혁의 질문에 머뭇거리다가 고개를 끄덕였다.

이미 머리에 가득 차 버린 움직임이었다.

저것을 완벽하게 풀어서 해석하고, 스스로의 몸에 맞게

변형시킨다면 삼합지처럼 본류와는 조금 다르더라도 펼칠 수 있을 것이다.

마야를 바라보던 자혁의 표정이 다채롭게 변하다가 결국에는 평소의 진지한 얼굴로 돌아왔다.

"그것을 정리하는 데에 시간이 얼마나 걸리지?"

"모릅니다."

자혁은 얼굴을 찌푸렸다.

처음에는 마야가 일부러 둘러대는 거라고 생각했지만, 다시 보니 마야의 얼굴에는 거짓이 없었다.

"좋아, 그럼 기다리도록 하지."

"기다리지 않는 게 좋습니다. 얼마나 걸릴지 저도 알 수가 없습니다."

자혁은 입을 다물고 잠시 마야와 야율소하를 번갈아 바라보았다. 그리고 물었다.

"그렇게 시간을 끄는 이유가 공손천기 님의 뒤를 쫓고 있다는 사실을 들키고 싶지 않아서인가?"

"……!"

마야의 눈동자가 한순간 흔들렸다.

갑자기 너무 정곡을 찔렸기 때문이다.

그녀가 당황하고 있을 때, 야율소하가 앞으로 슥 걸어 나오며 팔짱을 끼고 말했다.

"그래, 정확해. 눈치도 빠르네. 천마신교의 사람들은 전부 다 그렇게 눈치가 빠른가?"

자혁은 야율소하를 힐긋 응시했다가 그녀를 무시하고 다시 뒤에 있는 마야를 바라보며 말했다.

"그 부분을 염려했던 거라면 어차피 내가 아는 이상 이제 신경 쓸 필요가 없다. 기다려 주지."

마야는 입을 다물었다.

자혁의 목적은 확고했다. 그리고 저런 성격의 사람은 쉽게 떨쳐 내기도 어렵다.

그녀가 고민하고 있는 사이 야율소하가 불쾌한 표정으로 눈썹을 찡그리며 자혁에게 물었다.

자신을 무시하고 둘만 대화하고 있는 것이 그녀의 기분을 거슬리게 한 모양이었다.

"그러는 그쪽은? 왜 주인을 버려두고 혼자 이런 곳에 있지?"

"굳이 사막왕의 딸에게 설명할 필요가 없는 이유에서다."

"혹시 너도 공손천기를 만나러 가는 길 아니야?"

장난스러운 질문.

그리고 그 기습적인 내용에 이번에는 자혁의 눈동자가 살짝 흔들렸다.

야율소하의 입장에서는 정말 대충 떠본 것이었지만 공교

롭게도 그게 정확하게 들어맞았던 것이다.

"……어? 이거 진짠가 본데?"

자혁은 아차 하고 표정 관리를 했지만 이미 그래 봐야 늦었음을 알았다. 야율소하가 자혁을 어처구니없는 얼굴로 살펴보고 있었던 것이다.

'생긴 건 저렇게 진지하고 빈틈없이 생겼으면서 뭐가 이렇게 허술해? 완전 허당이잖아, 이거?'

노골적인 야율소하의 표정을 애써 외면하며 자혁이 화제를 바꾸기 위해 마야에게 질문을 던졌다.

"그래서 시간이 얼마나 필요하지?"

마야는 한숨을 내쉬고는 이 끈질긴 남자를 응시했다.

그러자 보였다.

자혁의 눈동자에 떠올라 있는 어떤 절실함이.

'이 무공이 그렇게 중요한 건가?'

물론 처음 보는 종류의 현묘함이 담긴 무공이긴 했다. 하지만 이렇게까지 매달리는 것을 보면 이 무공에는 단순히 겉으로 보이는 것 이상으로 중요한 무언가가 있는 모양이었다.

"사흘 정도 걸릴 겁니다."

마야의 대답에 자혁은 그제야 안도한 얼굴로 고개를 끄덕였다.

그러다 산 너머 어딘가를 바라보며 쓰게 웃었다.

"아슬아슬하겠군."

사흘.

불과 그 정도 거리에 시우가 있었다.

거의 다 온 것이다. 그리고 다행히도 그 녀석을 만나기 전에는 자신의 무공과 정면으로 마주할 수 있을 것 같았다.

자혁의 표정에 다시금 진지함이 떠오르기 시작했다.

하지만 그 표정을 가만히 지켜보던 야율소하는 이제 더 이상 저 사람이 진지하게만 보이지 않았다.

*   *   *

푸른 밤.

하늘에는 푸른색 달이 떠 있었고, 사방에는 온갖 달콤한 향기가 가득했다.

이곳은 하늘에 있는 육욕천에서도 타화자재천(他化自在天)이라 불리는 곳.

마왕 파순의 영역이었다.

그곳의 삼군단장 중 하나이자 죽음을 관장하는 대악마, 락시후가 입에서 피를 토하며 말했다.

"네가…… 나에게 이러고도 무사할 것 같으냐?"

"당연히 무사하지 않겠지. 그런데 너 지금 내 걱정해 주는 거야? 응? 조금 기쁜데?"

미끈한 상체를 드러낸 미남자는 자신의 밑에 깔려 있는 회색 피부의 사내를 내려다보며 히죽 웃어 보였다. 그러다 혀를 내밀어 락시후의 드러나 있는 목덜미를 핥으며 말했다.

"내가 이 날을 얼마나 기다렸는지 알아? 응? 네가 이렇게 혼자 남기를 얼마나 애타게 기다렸는데."

"……미친놈."

락시후는 눈을 감았다.

사방에 쓰러져 있는 수하들은 이미 죽은 지 오래였고, 눈앞에 있는 이 미친놈을 막을 수 있는 존재는 더 이상 아무도 없었다.

너무도 절망적이었다.

"하긴 너 같은 고지식한 놈은 내가 설명해 줘도 모를 거야. 이 기쁨은 오로지 나만의 것이니까."

"……잔소리 말고 죽여라."

"에이, 바로 죽이면 재미가 없지. 안 그래?"

락시후의 몸에 올라타 있는 미끈한 사내, 그의 이름은 파카후.

역시 타화자재천의 삼군단장의 하나이자 욕망의 대악마라 불리는 존재였다.

"내가 너를 잡아먹으면 어떻게 될까 곰곰이 생각해 봤거든?"

"……."

"아마 내가 우리 마왕님보다 강해지지 않을까 싶은데?"

락시후는 감고 있던 눈을 떴다.

그리고 비웃음을 입가에 그리며 파카후를 응시했다.

"네놈이 정상이 아닌 건 진즉에 알고 있었다만 이 정도일 줄은 몰랐다."

"왜?"

"마왕님께서는 우리를 만들어 준 존재. 거기에다가 우리에게 이름까지 붙여 주었으니 애초에 그보다 강해진다는 것 자체가 이미 불가능하다."

락시후의 말에 파카후는 빙그레 웃었다.

그것은 지금까지처럼 장난기가 가득한 웃음이 아니었다. 진정으로 동정에 가득 찬 웃음이었던 것이다.

"락시후, 나는 네가 이렇게 고지식해서 참 좋아. 세뇌라는 게 참 무섭네."

"……."

"나는 말이야, 락시후. 네가 너무너무 좋아서 더 이상 헤어지고 싶지가 않거든?"

파카후는 입을 벌렸다.

그리고 벌겋게 웃으며 말했다.

"우리 이제 평생 헤어지지 말자. 영원히 하나가 되는 거야."

"왕께서 널 그냥 두지 않을 거다."

"얼마든지."

꽈드득—!

락시후는 어깻죽지에서 시작된 엄청난 고통에 이를 악물고 버텼다. 그리고 파카후를 바라보며 원독에 가득 찬 눈빛을 해 보였다.

하지만 그것으로 끝이었다.

고통은 끝나지 않고 계속되었고, 잠시 후 파카후는 전신에 피를 뒤집어쓴 채 홀로 궁전 바깥의 푸른 하늘을 바라보고 있었다.

"맛은 없다, 락시후."

손가락에 묻어 있는 피를 핥아 음미하며 파카후는 히죽 웃어 보였다.

푸른 하늘에 떠 있는 푸른 달.

파카후는 이 광경을 눈에 새길 듯이 바라보다가 중얼거렸다.

"이래서 너무 자리를 오래 비우면 안 되는 거야, 아버지. 아들은 그동안 너무 심심했어."

파카후, 그는 파순이 지니고 있던 '욕망'에서 태어난 존재였다.

"불사의 힘을 얻기 위해 락시후를 몸에서 떼어 냈고, 혼돈에 사로잡히기 싫어서 타타후를 벗겨 냈지. 그리고 완전한 존재가 되려고 마지막에는 나까지 바깥으로 끄집어냈겠지만……."

파카후는 손을 들어서 달을 잡아 쥐려는 듯한 행동을 취하며 광기 가득한 미소를 그렸다.

"그 덕분에 아버지는 확실하게 약해졌지."

분명 파순은 완전한 존재는 되었겠지만 그만큼 막강한 힘의 일부를 소진해야만 했다.

"게다가 여래에게 두들겨 맞아서 힘을 잃어버리다니……."

이건 너무 노골적인 기회가 아닌가?

정말 말 그대로 하늘이 내려 주신 기회.

혼잣말을 하던 파카후의 날갯죽지에서 갑자기 회색의 거대한 날개가 뻗어 나왔다.

그 날개를 바라보며 파카후는 미소 지었다.

"우리 이제 평생 헤어지지 말자, 락시후. 원래부터 우리는 한 몸이었으니까."

혀를 내밀어 스스로의 날개를 핥으며 파카후는 눈을 빛냈다. 예전과는 비교할 수 없을 만큼 거대한 힘이 몸속에서 꿈틀거리는 게 느껴졌던 것이다.

"어서 빨리 나를 하계로 소환해 줘, 아버지……."

지상에서 파순이 하고 있는 유희를 계속해서 지켜보고 있던 파카후였다. 그러다 타타후가 예고도 없이 소환당했을 때부터 그는 기다렸다.

자신이 소환당하는 그 날을.

그리고 마침내 그 순간이 찾아왔다.

파카후는 자신의 전신에서 푸른빛이 감돌자 빠르게 날개를 숨기며 눈을 감았다.

드디어 파순이 그를 하계로 소환했던 것이다.

$$* \qquad * \qquad *$$

시우는 마차 내부의 소란스러움에 재빨리 문을 열고 안으로 들어섰다. 그리고 마차 문을 열고 안으로 들어서자마자 자신도 모르게 눈을 휘둥그레 떴다.

"어?"

제일 먼저 눈에 들어온 것은 여자였다.

그것도 시우가 아는 여자.

금발의 색목인, 마야를 바라보며 잠시 눈을 깜빡거리던 시우는 고개를 갸웃하고는 물었다.

"언제?"

앞뒤를 다 자르고, 조금은 밑도 끝도 없는 질문을 던졌지만 상대방은 용케 그 말을 알아들었나 보다.

"방금."

마야는 환하게 웃으며 시우를 똑바로 응시했다.

시우가 멍청한 얼굴로 마야를 바라볼 때 초위명이 다가와 그 앞을 단단하게 막아서며 말했다.

"너무 가까이 붙지 말고 물러서, 멍청아."

"……어? 어어? 갑자기 왜 이러십니까? 징그럽게."

시우가 가까이 달라붙는 초위명을 질색하는 얼굴로 밀어내자 휘청휘청 앞으로 밀려난 초위명이 잔뜩 짜증스러운 표정으로 벌컥 화를 내며 대답했다.

"나라고 좋아서 이러는 줄 아느냐? 특별히 생명을 구해 주는 은혜를 베풀었더니 이딴 식으로 배은망덕하게 나올래?"

배은망덕?

시우는 마차 문을 확실히 걸어 잠그며 투덜거렸다.

"무슨 말인지는 잘 못 알아듣겠지만 만약 똑같은 상황이 오면 그냥 죽게 놔두십쇼. 이런 징그러운 친절 애초에 바라지도 않습니다."

"이 빌어먹을 애송이 놈이?"

초위명이 분노한 얼굴을 해 보일 때, 가만히 앉아서 그들의 대화를 듣고 있던 마야가 입을 열었다.

"방금 무언갈 먹어서 아직 배고프지 않으니 괜찮다. 안 잡아먹는다."

"그걸 어떻게 믿어? 그리고 너 방금 먹은 거 빨리 뱉어 내! 이 망할 괴물아."

안 잡아먹어?

그리고 대체 뭘 뱉어 내라는 걸까?

"이게 다 무슨 소리입니까, 주군?"

설명이 필요했기에 시우는 자연스럽게 공손천기를 응시했다.

공손천기는 얼마 전까지와는 전혀 다르게 기운이 넘치는 표정으로 시우를 바라보며 악동처럼 웃었다.

"상황 역전이지. 최강의 패가 손에 들어왔거든."

"……이 색목인이 최강의 패입니까? 일각을 물리쳐 줄?"

"그렇지. 일각은 이제 볼기짝을 맞을 일만 남았다."

공손천기는 그렇게 말하며 마야를 응시하다가 말했다.

"장난 그만 치고 방금 먹은 거 뱉어내."

"싫다. 배부르다. 그래서 기분이 좋다."

"그건 먹으면 안 되는 거다. 배가 고픈 거면 대신 다른 걸 먹여 주지. 그게 더 맛있을 거다."

공손천기는 마야를 어린애 달래듯이 달래기 시작했고,

시우는 그런 모습이 이해가 잘 되지 않았다.

자신의 초감각을 속이고 마차 안에서 나타난 것만 해도 납득이 안 가는 상황인데 어딘지 모르게 쩔쩔매는 공손천기와 초위명의 태도가 너무 생소했던 것이다.

'저 여자에게 뭔가 있긴 있다는 건데…….'

둘 모두 다 자존심과 오만함이 하늘을 찌르는 사람들이 아닌가?

특히 공손천기는 그가 주군으로 모신 이후로 그 누구 앞에서도, 심지어는 지옥마제나 사막왕 앞에서도 자신을 낮추는 법이 없는 사람이었다.

한데 아까부터 미묘하게 마야의 눈치를 살피면서 그녀를 어르고 달래는 모습이 시우에게는 너무도 신기하게 다가왔다.

그때.

시우가 바깥에서 느껴지는 수상한 기척에 인상을 찡그리며 마차 문에 바짝 다가붙자 공손천기가 재빨리 그를 제지하며 말했다.

"내버려 둬. 이 여자가 전부 알아서 처리할 거다."

시우가 잠시 당황한 얼굴로 공손천기를 보며 말했다.

"이 기척은 분명에 저번에 왔던 그 괴물들입니다, 주군. 이 여자 혼자서 감당할 수 있는 수준이 아닙니다."

팔다리가 부러져도 일어서는 괴물.

공손천기가 배덕의 기사라 불렀던 그 죽지 않는 불사의 괴물이 한두 명도 아니고 열댓 명 가까이 몰려왔던 것이다.

이 정도면 시우도 전력을 다해야 하는 수준이었다.

하지만 공손천기의 표정은 지극히 여유로웠다.

"괜찮아. 지켜봐라."

"……"

시우는 입을 열어 무어라 말할까 하다가 관두었다.

공손천기는 항상 엉뚱하지만 분명하고도 확실한 계획을 세우는 사람이었으니까.

'그러니까 이번에도 믿어 봐야겠지……?'

바깥에서 소란스러움이 커졌다.

마라천풍대의 인원들이 그 괴물 같은 놈들을 막아서며 격렬하게 부딪치고 있었던 것이다.

그때 마야가 움직이기 시작했고, 그녀의 행동을 가만히 지켜보던 시우의 얼굴에 차츰 경악이 떠올랐다.

〈다음 권에 계속〉